MILENA Verlag

Ich verbleibe hochachtungsvoll nicht mehr der Ihre Frank Smutny

KURTO WENDT

geb. 1965 in Neufelden, Oberösterreich; von 1983 bis 1997 Studium der Germanistik und Philosophie in Wien ohne Abschluss; arbeitet als Lektor in einer Medienbeobachtungsfirma der *Austria Presseagentur* und als Journalist (*Augustin*, *Malmö*) und Gastkommentator (*Datum*, *Unique*, *Die Zeit*). Bekannt ist er vor allem als Mitorganisator und Sprachrohr der »Donnerstagsdemos«, die nach der Angelobung der ÖVP/FPÖ-Bundesregierung im Jahr 2000 zwei Jahre lang ohne Unterbrechung in Wien stattfanden.

Sie sprechen mit Jean Améry, was kann ich für Sie tun?

Roman

von

Kurto Wendt

MILENA Verlag

1

Es war Zeit, Schluss zu machen. Mit Frank. Ein unspektakulärer Abgang. Das war er ihm schuldig. Alles war gut durchdacht und es blieb wenig zu tun. Zwei Briefe würde er schreiben, den Rest mussten die anderen erledigen. Einer geht an Magda, die Leiterin der Empfangsabteilung des Call-Centers von *T-Mobile Austria* im Wiener Gasometer, der andere an Bundespräsident Heinz Fischer. Frank hört auf zu existieren und musste dafür nicht einmal sterben.

Liebe Magda!

Ich hoffe, ihr habt euch nach meinem Verschwinden keine zu großen Sorgen gemacht; die beiliegenden Fotos zeigen jedenfalls, dass es mir gut geht. Ich habe mich verändert, örtlich wie namentlich – es gibt keinen Frank mehr.

Ich schreib das alles dir, da ich einerseits außer der zweiten Frau meines verstorbenen Onkels Karl, Tante Luise, keine Verwandte habe, andererseits dich in meiner früheren Umgebung für die fähigste Person halte, Frank »abzuwickeln«.

Ich lege dem Brief meine Sozialversicherungskarte, meinen Führerschein, meine Bankomatkarte und einige TANS meines Kontos bei und bitte dich, den Mietvertrag meiner Gemeindewohnung mit beiliegender Vollmacht aufzulösen.

Die Schlüssel sind von meiner Wohnung, der Sicherungskasten ist gleich hinter der Tür; den Strom hab ich ausgeschaltet, bevor ich gegangen bin. Hol dir einfach, was du brauchen kannst und verschenk den Rest. Auf meinem Konto sind noch mehr als 600 Euro, die du gerne als Spesen verwenden kannst. Wenn was übrig bleibt, verschenk es an BettlerInnen in der U-Bahn.

Kündige bitte mein Falter-*Abo und meinen Internetanschluss. Ach ja, wenn du bei mir bist, schau bitte in der* Blauen Tomate *vorbei, denen schulde ich noch 25 Euro; wäre nett, wenn du das abgleichen könntest, wenn nicht, auch egal. Ach ja, meinem Nachbarn Franz, der in der Wohnung quer gegenüber wohnt, schieb bitte einen Zettel unter der Tür durch, auf dem steht, dass es mir gut geht und dass ich ihn vermisse.*

Dir wollte ich noch sagen, was ich als Frank nicht wagte: Schau, dass du in diesem Telefonladen nicht versauerst, du hast mehr drauf!

Eine Affäre mit dir hatte ich auch angedacht (grins). Ich wollte keine mögliche Abfuhr riskieren und dann haben sich die Ereignisse relativ schnell überschlagen.

Ich mag dich.

Ciao, Frank

P.S: Die Opernpremierenkarten gehören natürlich dir, du wirst eine würdige Begleitung finden, da bin ich ganz sicher.

An den Bundespräsidenten der Republik Österreich
Lieber Dr. Fischer

Ich wende mich direkt an Sie, weil ich 33 Jahre lang Bürger Ihres Staates war und diese Bürgerschaft hiermit zurücklege. Ich kann mir sicher sein, dass in Ihrem Umfeld genügend MitarbeiterInnen sind, die die unterschiedlichen Facetten dieser Maßnahme juristisch beleuchten können und an die entsprechenden Stellen weiterleiten. Ganz im Sinne des von den RepräsentantInnen Ihres Staates immer wieder propagierten One-Stop-Prinzips sehe ich die Angelegenheit meinerseits damit als erledigt.

Besondere Umstände haben mich dazu genötigt, einen formalen

Antrag auf Änderung der Staatsbürgerschaft gar nicht erst zu stellen; mit Verlaub, es wäre auch nicht sicher gewesen, dass ich einen Staat fände, der an Ihrer statt mich aufnehmen wollte.

Ich bin weder Täter noch Opfer eines Verbrechens, wie Sie unschwer aus den Unterlagen von Polizei und Justiz entnehmen können und erfreue mich in meinem neuen Domizil meines Lebens, was beiliegende Fotos belegen sollen.

Ich war Ihrem Staat nie patriotisch verbunden, er hat mich in meinem Gedeih auch wenig unterstützt; so manche paternalistische Maßnahme war deutlich als Disziplinierungsversuch zu spüren.

Ich ersuche Sie Ihrerseits, die staatlichen Organe anzuweisen, mich aus allen Statistiken rauszunehmen und mich auch nicht als vermisst zu führen, da ich als der, der bei Ihnen registriert ist, per heutigem Datum zu existieren aufhöre.

Wiewohl ich den Jahren in Wien nicht besonders nachtrauere, gibt es viele Leute, denen es andernorts schlechter geht. Ich ersuche Sie daher, sich dahingehend zu verwenden, dass die in Ihrem Staat beschämend niedrige Einwanderungsquote zumindest um meinen, jetzt freigewordenen, Platz aufgestockt wird.

Sollten Sie mit meinen Anliegen nicht übereinstimmen, sei es Ihnen unbenommen. Es wird jedenfalls keinerlei Möglichkeit geben, mit mir in Kontakt zu treten.

Ich wünsche Ihnen und Ihren Lieben ein spannendes Leben
und verbleibe hochachtungsvoll
nicht mehr der Ihre
Frank Smutny

2

Wie jeden Tag führte Harald sein erster Weg in die Hafenbar *Adagio*, einem ambitionierten Versuch, aus einer Dockarbeiterkneipe eine Tourismuslocation zu machen. Er setzte sich an einen der freien Tische direkt an der belebten Straße, bestellte einen Latte Macchiato und ein türkisches Frühstück, griff sich eines der Schachspiele und baute die Figuren vor sich auf. Harald war einer der wenigen hier, der nicht den Eindruck erweckte, eben angekommen oder gerade noch nicht abgereist zu sein. Mit erlesener Langsamkeit zerlegte er das Zigarettenbörek in sechs Teile, um diese danach wie Pralinen genüsslich zu verspeisen; das Spiegelei über dem leicht angeschmolzenen Schafkäse liebte er am meisten; die Gurkenscheiben, die Tomaten und Oliven aß er regelmäßig zuletzt, dadurch ließ sich das frühe Mahl exzessiv verlängern.

Es dauerte heute etwa 40 Minuten, bis sich einer der Touristen zu ihm setzte und ihn in britischem Englisch fragte, ob er eine Partie mit ihm spielen wolle. Harald sagte: »Yes, please« und zog sogleich mit e2-e3, einer nicht alltäglichen Eröffnung. Trevor, so hieß der etwa gleichaltrige Reisende aus Wolverhampton, lächelte ihn an: »Oh, nice«, spielte d7-d5 und erzählte, dass seine Fähre nach Antalya in etwa zwei Stunden gehe und er hoffe, seinen Anschlussflug nach Birmingham nicht zu verpassen. Während sich ein gemächliches Spiel entwickelte, erzählte Trevor, der Short und T-Shirt von *Lacoste* trug, dazu Tennisschuhe im Design der 80er-Jahre, dass Zypern seit dem Abzug der Briten an Flair verloren habe.

Das Gerede Trevors wurde von seinem Gegner ignoriert, ab und zu wiegte Harald das Haupt und ließ offen, ob es der Schachpartie oder dem Gesprächsangebot galt. Er ließ Trevor gewinnen, elegant, und ohne einen auffälligen Fehler gemacht zu haben. Harald bezahlte die Zeche des britischen Gegners und bat ihn, ihm einen

Gefallen zu tun. Trevor nahm das Briefkuvert an sich und versprach, den Brief an Haralds amerikanischen Fernschachfreund John Slauter in Wolverhampton in einen Briefkasten zu werfen.

Ein paar abfällige Bemerkungen über die Nachlässigkeit der zypriotischen Post im türkischen Teil des Landes zerstreuten das letzte Misstrauen des Siegers, und dessen Appell an den Zusammenhalt der weltweiten Schach-Community war für Harald Versicherung genug, die richtige Wahl getroffen zu haben.

Harald wollte hier anders leben als Frank in Wien, Türkisch hatte er schon dort spannend gefunden, hier wollte er es lernen. Sich nicht verkriechen, sich Kollektiven anschließen und neue bilden, initiativ werden und nicht auf die eigene Erweckung warten; sich richtig verlieben. Das Leben war schön, er hatte keine Eile; er war 33.
Seine neue Identität funktionierte blendend, da wurde ganze Arbeit geleistet. Harald Jenninger, geboren als Mitglied der deutschen Minderheit in Eupen, Belgien, hatte bereits ein Haus gemietet, ein Konto eröffnet und zwei Schengen-Grenzkontrollen passiert. In Nordzypern war es sehr unauffällig, als EuropäerIn zu leben und einfach nichts zu tun. Sie hatten nichts dem Zufall überlassen. Neben einem perfekten EU-Reisepass und einem belgischen Führerschein gab es sogar *Google*-Einträge, die bis ins Jahr 2002 zurückreichten und eine *facebook*-Identität mit dutzenden Fotos und 314 FreundInnen. Die Briefe an Magda und den Präsidenten schickte er via Wolverhampton an einen Fernschachfreund in Philadelphia, legte einen 100-Dollar-Schein bei und bat ihn, die Briefe in einen stark frequentierten Briefkasten zu werfen. Er kannte ihn nicht, daher vertraute er ihm. Ein letztes Mal schien Frank Smutny als Absender auf, niemand würde sich die Mühe machen, in den Staaten nach ihm zu suchen.

Acht Wochen zuvor hatte Frank weder den Wunsch sein Leben zu verändern noch konkrete Fantasien, wie das gehen könnte.

Es begann alles mit einer Radiosendung in *Österreich Eins*. Ein

Sprecher des Arbeitsmarktservices erklärte, dass dieses schon länger kein Amt mehr sei und seither effizienter und moderner und wie ein richtiges Unternehmen funktioniere. Alle MitarbeiterInnen müssten sich daran gewöhnen, erfolgreich zu sein und dass die Arbeitslosen einerseits KundInnen wären und andererseits die Waren des Unternehmens, und dies wäre keinesfalls, sicher nicht, abwertend gemeint. Im Gegenteil. Eine Wertschätzung. Der Arbeitskraft.

Die Moderatorin konnte den guten Mann kaum bremsen und obwohl das *Journal Panorama* für aktuelle Radiosendungen ein geradezu episches Format hat, bekam man das Gefühl nicht los, der AMS-Sprecher dürfe endlich das sagen, was er sich seit Jahren dachte. Eingeladen war er, eine spektakuläre Aktion vorzustellen: Für sechs Wochen werden Langzeitarbeitslose an Lebensmittelketten gratis zur Verfügung gestellt; Gehalt und Nebenkosten direkt vom AMS bezahlt, einzige Bedingung: Ein Drittel der Gratisarbeitskräfte muss danach für zumindest weitere drei Monate beschäftigt werden. Ob dies eine Auswirkung der Übersiedlung der Arbeitsmarktagenda vom Sozial- ins Wirtschaftsministerium sei, wollte die Moderatorin wissen, und auf Wunsch des Ministers geschehe. Die Maßnahme sei keinesfalls als Förderung der Firmen zu sehen, vielmehr als Werbeaktion, nicht mehr und nicht weniger. Und die Langzeitarbeitslosen würden ihre Würde wiedererlangen, das möchte er unterstreichen, und er sei fest überzeugt und die Sozialpartner auch und der Minister auch, und das mit der Würde möchte er jedenfalls noch einmal betonen.

Beim Fahren mit der Hochschaubahn gibt es beim Abwärtsrasen den Moment, wo man mit leicht vertränten Augen den Tiefpunkt in Sicht hat, von dem ab es wieder aufwärts geht. Unwillkürlich spannt man dabei die Bauchmuskeln an – in Vorbereitung auf die Trendwende. Dieses Gefühl spürte Frank beim Hören der Sendung und döste ein, um – im sicheren Traummodus – der Geschichte eine angenehmere Wendung zu geben:

Die Protestanrufe nach der Sendung erreichten einen Spitzenwert. Der AMS-Sprecher war zu ehrlich, verräterisch ehrlich; er hatte den Rubikon überschritten und bereits am nächsten Morgen wurde sein Rücktritt verkündet; er habe, so seine Nachfolgerin, das falsche Manuskript für die Sendung dabeigehabt und sei obendrein falsch interpretiert worden. Der Bundespräsident mahnte zu einer Trendwende, einer tief greifenden, einer moralischen – der Mensch müsse wieder einmal im Mittelpunkt stehen. Es reichte aber längst nicht aus, um den immer größer werdenden Demonstrationen den Wind aus den Segeln zu nehmen. Das Parlament beschloss nach einem eiligen Initiativantrag ein Grundeinkommen für alle, ein *bedingungsloses*, wie in dem Gesetzestext betont wurde. Kaum einE AbgeordnetEr traute sich noch dagegenzustimmen, zu eindeutig war die Meinung der Bevölkerung. Ausbezahlt werden sollte es zu jedem ersten im Monat an alle über 16-Jährigen direkt von der Nationalbank und unabhängig von der Staatszugehörigkeit. Die Kontoeinrichtung erfolgte durch die Bank selbst und kostenlos. Aufgrund der anhaltenden Proteste wurde das Arbeitsmarktservice abgeschafft; die Form der erpresserischen Vermittlung samt Entzug finanzieller Mittel, wenn der zu Vermittelnde nicht gefügig war, wurde strafrechtlich belangt und vom Strafrahmen der Schlepperei gleichgestellt. Aus allen Filialen wurden selbstverwaltete kostenfreie Kommunikationszentren. Die Unternehmen mussten fortan Werbekampagnen starten, um potenzielle Angestellte davon zu überzeugen, dass es befriedigend war und gut bezahlt, bei ihnen zu arbeiten.

Frank wachte erst nach Ende der Sendung wieder auf und dachte an seinen morgigen Termin bei Gerda, seiner persönlichen Betreuerin.

3

Seit beinahe vier Jahren besuchte Frank Gerda regelmäßig in der Filiale des Arbeitsmarktservices in der Huttengasse; allerlei Hürden hatte sie sich für ihn schon ausgedacht, aber er kam immer wieder. Und zu Gerda auch sehr gerne; er war damals ihr allererster Klient nach ihrer Ausbildung gewesen und sie seither seine persönliche Betreuerin. Das hatte sie ihm einmal an einem wirklich guten Tag anvertraut. Welche scheiß Angst sie davor gehabt hatte, etwas falsch zu machen. »Du warst perfekt«, schmeichelte er ihr damals noch, am Tag des Geständnisses.

Mit Gerda war er irgendwie kulturell in einer Liga. Und sie hatte einen echten Startvorteil – als Nachfolgerin von »Ing. Nowy«, wie bis zu seiner Pensionierung auf seinem Türschild stand. Hätte Nowy wirklich etwas zu sagen gehabt, er, »der Sozialist aus dem Gemeindebau«, wie er immer wieder betonte, »müssten Sie schon längst Schnee schaufeln, Herr Smutny«. Er sei aber nur ein kleines Rädchen, und junge Leute wie Frank würden sehr schnell eine Arbeit finden, wenn sie nur einen Tag die Schaufel schwingen müssten. »Bei aller Liebe, des hat noch niemand g'schadet.«

Nach Terminen beim Ing. Nowy musste Frank unbedingt duschen. Bei Gerda war das anders, da duschte er gerne vorher. Irgendwie entwickelte er auch erotische Fantasien mit ihr und ihm in den Hauptrollen, und während sie über Jobs, Zwangskurse und Sperren redeten, lief in Franks Gehirn auf Kanal B die vorbereitete Fantasie ab. In all den Jahren war er charmant, wagte aber nie, sie anzusprechen; er hatte Angst, dass bei einer Ablehnung ihrerseits auch die Fantasien verfliegen würden und die waren sehr liebgewonnene Begleiterinnen dieser unangenehmen Amtstermine.

Er hasste die U-Bahn am Morgen. Diese perfekt organisierte Mobilität, die ihn dazu verleitete, an der neuen »besonderen Maßnahme« des Arbeitsmarktservice teilzunehmen. Ohne sie hätte er, der am Rande des Wienerwalds in einer kleinen Gemeindebauwohnung lebte, wohl niemals zugestimmt, in die Rolle eines *Call-Center-Agents* im Gasometer zu schlüpfen. 15 Stationen in 26 Minuten. Das sei unterdurchschnittlich, erklärte Gerda. Kurz vor der Wahl stünde sie selber stark unter Druck und müsse, sollte er das Angebot ablehnen, ihm die Unterstützung streichen. Aufgrund seines Qualifikations- und Persönlichkeitsprofils sei er beim *Screening* als einer von 15 Langzeitarbeitslosen ausgewählt worden; sie könne gar nicht anders, meinte Gerda und erflehte beinahe seine Zustimmung. *T-Mobile* erweitere sein *Call-Center*, sechs Wochen lang zahle das AMS den gesamten Lohn samt Nebenkosten; 1/3 der ProgrammteilnehmerInnen würden nachher verpflichtend in Normalarbeitsverhältnisse übernommen. Dieselbe Maßnahme habe schon bei *Billa* und *Spar* zu großen Erfolgen geführt.

Frank lächelte, hatte beinahe Mitleid mit Gerda. Paradox. Und doch. Sie war jünger als er, wahrscheinlich keine 30, sie wirkte gehetzt und ausgelaugt vom ständigen Motivieren und Quotenerfüllen.

»Glaubst du, was du da sagst?« Frank war überrascht von der Gelassenheit in seiner Stimme. Vor einem Jahr hatte sie ihm das Du-Wort angeboten. Diese Sorte von *Ikea*-Du-Wort, das alle zu einer Familie macht. Gerda folgte damit wohl einer neuen Unternehmensleitlinie des AMS, die Arbeitslose zu »KooperationspartnerInnen« erklärt. Sie war fortan freundlicher – und rigider.

Zwei unangenehme Kurse und eine sechswöchige Sperre waren die Begleiterscheinungen des Du-Worts.

Damals wollte er sich an ihr rächen, heute spürte er nur noch Mitleid. »Der Minister griff Ideen des Ständestaats und der Nazis auf, indem er die Arbeitsvermittlungsagenden dem Wirtschaftsministerium untergeordnet hat, und jetzt zahlt ihr den Unternehmen auch noch den Lohn. Sind wir nicht moderne Sklaven?« Frank argumentierte bewusst albern, um Gerda aus der Reserve zu locken. »Und du sagst, es wäre für mich die große *Chance*?« Sie reagierte nicht, wartete offensichtlich nur auf sein »Nun dann!«, um ihrem Plansoll ein Stück näher zu kommen.

Gerda blickte wie abwesend aus dem Fenster in den Lichthof, sie war so dermaßen kontrolliert – nicht spießig, nicht reaktionär, aber eine perfekte Repräsentantin ihrer Institution. Ihre Jeans waren von G-Star, die Schuhe von Converse; die Bluse in Weiß, gut gebügelt, aber nicht peinlich. Frank konnte Gerda nicht hassen und tatsächlich ertappte er sich dabei, das Gefühl zu haben, ihr einen Gefallen zu tun. »Nun dann! Aber mach dir keine falschen Hoffnungen, dass ich zu den Top Five gehören werde. Wir sehen uns wieder!«

Gerda frohlockte nicht, schob ihm den Zettel mit der Adresse und Ansprechperson zu und sagte: »Viel Glück, Frank!«

Frank schob den Zettel in die linke Gesäßtasche seiner Jeans. Er erhob sich von seinem Sessel und wollte noch etwas Großes, Zynisches sagen. Gerda hatte die grüne Mappe seines Akts bereits geschlossen und war gedanklich wohl schon beim Nächsten, der vor der Tür auf dem Gang herumlungerte. »Du machst mich noch zu einem wertvollen Mitglied der Gesellschaft, gratuliere, Gerda.« Frank hatte schon Besseres aus seinem Mund gehört, er war etwas verärgert, dass er die Erleichterung Gerdas ob seiner Zusage überhaupt nicht spüren konnte. Sollte er sie etwa auf einen Kaffee am Abend in die Blue Box einladen? Einfach so? Sie würde ablehnen, aber sich geschmeichelt fühlen. Sollte er? Der Zufall sollte entscheiden. Ungerade Schrittzahl zur Tür: ja, gerade Schrittzahl: nein. Trotz manipulativer Veränderung der Schrittgrößen war er mit sechs Schritten bei der Tür. »Ciao, baba, Gerda.« Ihre Antwort konnte er schon nicht mehr hören.

Es war also wieder einmal so weit, dass er sich sechs Wochen seiner Lebenszeit einem fremdbestimmten Arbeitsverhältnis unterordnen musste – und diese Zeit würde sich bedeutungslos an die sieben oder acht ähnlichen Episoden reihen, die er in den letzten zehn Jahren erlebt hatte. Damals, mit 22, hatte er eine Buchhandelslehre mit Auszeichnung abgeschlossen und sich in der Nebenfiliale einer kleinen Buchhandlung in Familienbesitz gut eingerichtet. Alles war gut. Bis seine Chefin aus der Karenz zurückkam und wieder in Teilzeit zu arbeiten begann. Da Frank freundlich, offen, charmant und bei den KundInnen äußerst beliebt war, konnte sie die besitzbedingte Hierarchie nur durch regelmäßige kleine Demütigungen mit Leben füllen. Wenn keine Kundschaft im Laden war, alle Neulieferungen richtig einsortiert waren und die Bestellungen für den Tag bereits abgegeben wurden, sagte sie regelmäßig Sachen wie: »Herr Frank, gehen S', sei'n Sie bitte so lieb und rücken Sie die Buchrücken in den Regalen des 1. Stocks gerade.«

Bei einer dieser Geraderückungen fiel ihm Melvilles »Bartleby, der Schreiber« in die Hände, das er in der darauffolgenden Nacht am Stück auslas. Zwei Monate diente Frank noch in der Buchhandlung, ohne besonders aufzufallen. Genau die Zeit, die er benötigte, um Anspruch auf ein halbwegs erträgliches Arbeitslosengeld zu erhalten. Mit Spannung wartete er dann auf ihre nächste Grausamkeit, die fünf Tage auf sich warten ließ.

Er hatte es zu Hause vor dem Spiegel geübt, immer und immer wieder; er wollte in dieser Rolle wirklich brillieren. Er übte auch, das Gesicht seiner Chefin zu fixieren, er wollte den Moment des Triumphs nicht verpassen. Es war ein Montag im März, als sie ihn zu sich rief und fragte: »Haben Sie schon wieder nix zu tun, Herr Frank?«

»Brauchen Sie was Bestimmtes, Frau Chefin?« Frank sah seinem *Home Run* schon entgegen und sie tat ihm den Gefallen.

»Ich will gar nicht nach oben schauen, wie's da wieder ausschaut. Rücken Sie doch bitte die Buchrücken gerade. Aber ordentlich!«

Frank kostete jede Silbe ihrer Ansage aus, freute sich; dass sie zu einer *extended version* ihrer Demütigung gegriffen hatte.

»No!«

»Was?«

»I would prefer not to ... Ich wünsche Ihnen noch einen schönen Tag, und Gruß an den Herrn Gemahl.«

Frank hätte gerne zwei Rückspiegel auf den Schultern montiert gehabt, um ihr Gesicht zu sehen, als er ohne die geringste Eile die Filiale für immer verließ. Ein befreundeter Arzt schrieb ihn für drei Wochen krank, sogar der Krankenkassenchefarzt konnte an ihm *Burnout*-Symptome feststellen. Seine persönlichen Sachen ließ Frank von einem Freund abholen, mit dem Chef vereinbarte er eine einvernehmliche Kündigung mit einer Abfertigung von eineinhalb Monatsgehältern. Frank war gerade mal 23, als er das Kapitel »Arbeit als Entfaltungsmöglichkeit« für sein Leben abschloss.

4

Frank nahm morgens immer den vierten Waggon; er hatte keine Ahnung, wie es dazu kam; irgendwann entschied er so und irgendwann entschied er auch, sich immer dafür zu entscheiden. Als Training seines freien Willens; es ergab keinen Sinn, aber der vierte Waggon war *seiner*, auch wenn er weder Weg noch Ziel beeinflussen konnte. Am dritten Tag hatte er auch *seinen* Sitzplatz gefunden. In der letzten Reihe ganz rechts, in Fahrtrichtung sitzend. Hier hatte er den besten Überblick, wer in seinen Waggon einstieg; niemand konnte ihn von hinten überraschen.

An diesem Tag begann er auch, seinen Vornamen in den Lack unmittelbar neben seinem Sitzplatz einzuritzen, jeden Tag nur ein Buchstabe, das war die Regel. Obwohl er immer exakt denselben Zug um 7 Uhr 23 in Ottakring bestieg, dauerte es sieben Tage, bis er erstmals einen Waggon mit einem »F« erwischte. Es war Glücksgefühl und Aufregung zugleich. Sollte er die weiteren Buchstaben in Kapitälchen schreiben? Oder normal? Eine Entscheidung von nachhaltiger Tragweite – und doch hatte er sich nichts dazu überlegt. Der Zufall sollte entscheiden, bis »Johnstraße« mussten die Kriterien feststehen, bis »Zieglergasse« eine Entscheidung fallen, dann blieben noch 12 Minuten für einen sauberen zweiten Buchstaben.

Frank amüsierte sich über seine frühmorgendliche Entschlossenheit; seine AMS-Betreuerin dürfte das nie erfahren. Sollte sich auf den leeren Platz neben ihn eine Frau setzen, würde er mit einem großen »R« fortfahren, bei einem Mann mit einem kleinen, und sollte sein Platz bis »Gasometer« leer bleiben, würde er das Projekt, seinen Waggon zu personalisieren, einstellen.

Es war, so schien es, eine Frau. Sie lächelte ihn flüchtig an, setzte sich neben ihn und las in ihrem Gratisblatt, während Frank sich unverzüglich an einem »R« zu schaffen machte. Das Cover ihrer Zeitung zeigte eine Spielszene auf der Mariahilfer Straße mit dem weisen Text: »Wien stöhnt! Immer mehr Hütchenspieler«.

Das Handy der Frau läutete, was Frank einerseits in die glückliche Lage versetzte, in Ruhe sein »R« fertig stellen zu können, ihn andererseits aber einer kompetenten Einschätzung des Unterschieds zwischen *Yakult* und *Actimel*, in direkter Auswirkung auf die Verdauung seiner Nachbarin, aussetzte.

»Tschüssi, baba und lass echt die Finger von *Actimel*!«, schloss sie und stieg in »Stephansplatz« aus, ohne Frank auch nur einen flüchtigen Blick zu widmen. Er hatte sein Plansoll erfüllt, ein wunderschönes »R« schmückte die Seitenwand, und als wäre es eine frische Wunde, schützte er den neuen Buchstaben, indem er sich an die Wand lehnte.

Ihm schräg gegenüber saß eine wunderschöne Frau; er konnte die Augen nicht von ihr lassen, wollte sie aber auch nicht anstarren, zumindest sollte sie es nicht merken. Er tat so, als starrte er ins Dunkel der U-Bahn-Röhre, um sie im Spiegel der Fensterscheibe beobachten zu können, ohne sie zu belästigen. Bereits in der Station »Landstraße« war das »R« fertig. Es war schön. Gerade Linienführung, scharfe Konturen. Frank fragte sich, ob ein Graphologe vor Gericht nachweisen konnte, dass er der Ritzer war. Möglicherweise konnte derselbe ja dann auch gleich nachweisen, dass er eine schwere Kindheit hatte und nur beschränkt haftbar war. Die Frau lächelte ihm zwischen »Herrengasse« und »Stephansplatz« zu – ein unverbindlich konspiratives Lächeln, ein augenzwinkerndes ohne Augenzwinkern; eines, das auf politische Menschen erotisch wirken kann und von anderen übersehen wird.

In der Station »Stubentor« verließ sie die U3, wahrscheinlich studierte sie Kunst auf der *Angewandten*. Frank wollte sich schlau machen, welche Kunstgattung am ehesten frühmorgens ausgeübt wurde. Oder traf sie sich täglich zum Frühstück? Mit wem? Und wo? Das *Prückel* öffnete erst um neun, und die anderen Cafés in der Gegend hatten nicht die Klasse dieser Frau. FreundInnen von ihr wohnten wohl eher nicht in der Umgebung. Hatte sie einen reichen Liebhaber, eine reiche Liebhaberin? Dann würde sie wohl ab und an dort übernachten. Frank stellte sich das extrem unromantisch vor. Jeden Morgen zwischen 7 Uhr 57 und 7 Uhr 59: Es klingelt, Kaffee ist schon fertig.

Beim Verlassen des Waggons merkte sich Frank die Nummer. 3228 – der erste mit »FR«. Am Bahnsteig fand er ein 50-Groschen-Stück, Prägejahr 1973, sein Geburtsjahr. Frank hatte ein Faible dafür, sich offensichtlich bedeutungsloses Wissen einzuprägen. Er glaubte dabei nicht an Zahlenmystik, an die spontane Umkehrung von Wichtigem und Unwichtigem oder auch nur an ein besonderes Talent seinerseits. Ob sich daraus Schlussfolgerungen ziehen ließen, war im Moment der Wahrnehmung nicht zu entscheiden, und ob eine Beobachtung wichtig war, wollte Frank sich keineswegs massenmedial aufoktroyieren lassen. Warum war es bedeutsam, wenn eine Fußballmannschaft in den letzten Minuten ein Tor schoss, einen Ausschluss kassierte oder ein Spieler mit einer bestimmten Rückennummer ein Recht darauf hatte, in einer anderen Mannschaft dieselbe zu tragen. Warum? Und warum war ein Ball, der von einer Stange zur anderen pendelt, um dann ins Tor zu springen, etwas ganz Besonderes, und wenn man dieses live sah, ein unvergessliches Ereignis? Und warum dann im Büro-Talk beweisen, dass man sich dieses Wissen brav angeeignet hatte? Und warum war Frank ein Spinner, wenn er sich die Nummer eines U-Bahn-Waggons merkte, nicht aber die Rückennummer des Torschützen ?

Magda, die Koordinatorin, lächelte Frank zu. Ungewöhnlich. »Du hast Platz 14, was sagst du zu dem Wahnsinnstor vom Vastic?!« – »Schau mal.« Sagte Frank, und zeigte ihr das Groschenstück. Er wandte sich Koje 14 zu, setzte sich das Headset auf, loggte sich ein und wartete auf den ersten Anruf.

Es war Franks erster Tag als vollwertiger Mitarbeiter.

Die einwöchige Ausbildungszeit war davon geprägt, eine beredte Unterwürfigkeit zu stilisieren, begleitet von hanebüchenen psychologischen Tipps, wie dies am Leichtesten zu verkraften sei. »Denkt einfach, ihr seid nicht ihr«, empfahl ihnen die Ausbildnerin, die ein Kostüm trug, an dem nur das Schild fehlte, »Ihre Ausbildnerin wurde eingekleidet von *Tlapa*«. Selbstverständlich sei eine persönliche Gesprächssituation zwischen *Agents* und KundInnen herzustellen, also immer mit vollem Namen melden, der könne aber auch selbst gewählt sein. »Ein Künstlername, quasi!« Frank wurde an diesem Tag von tiefer Wehmut gepackt, die ihn aber immerhin davor zurückhielt, seiner Wut freien Lauf zu lassen und den Job hinzuschmeißen, noch bevor er begann. Pseudonyme dienten nicht mehr dazu, Verbotenes zu publizieren, sondern es nicht allzu persönlich zu nehmen, von Menschen beschimpft zu werden, die eine unzulänglich ausgeführte Dienstleistung oder ein mieses Produkt konsumiert hatten.

Frank nannte sich *Jean Améry*, wie der jüdische österreichische Schriftsteller Hans Mayer, dessen Werke er kaum kannte, dessen politische Haltungen er aber schätzte. Weder die Ausbildnerin noch einEr der 23 Mittrainees hatten den Namen je zuvor gehört. Sie fanden ihn gut – auch die Trainerin. Einer fand ihn *cool*. Fortan hasste Frank diesen Mario.

»Guten Tag, Sie sprechen mit Jean Améry, was kann ich für Sie tun?«

Frank ließ es nur 2-mal läuten, bevor er abhob, wusste aber aus der Ausbildungszeit, dass Anrufende im Schnitt 4 Minuten 23 Sekunden lang in der Leitung von Werbebotschaften belästigt wurden, ehe ein Agent abhob. Der Anrufer fragte, warum er als *Telering*-Kunde nicht um einen Cent zu *T-Mobile* telefonieren könne, seit die zwei Betreiber fusioniert waren. Frank war geneigt, den Anrufer zu verarschen oder zu politisieren, spulte aber dann doch seinen eingeübten Standard runter. »Ja, es ist *eine* Firma, nein, aber weiterhin zwei Betreiber, unter uns, das darf ich eigentlich noch gar nicht verraten, aber wer Geduld zeigt und Treue, und es ist schon fix, nur noch nicht wann, Oktober oder November oder vielleicht spätestens Weihnachten, aber jedenfalls ein Angebot gratis hin und her für ein Jahr!«

Frank verachtete den Anrufer, der sich mit wenigen Floskeln beschwichtigen ließ. Er begann das Gespräch als engagierter Konsument mit basalen Vorstellungen von kapitalistischer Logik und beendete es als von Geiz geleiteter Pseudogeheimnisträger. Sein Anruf kostete ihn 55 Cent und brachte ihm keinen Vorteil; er wurde mit Halbwahrheiten hingehalten und fühlte sich als Gewinner.

Früher waren große Versprechungen und ebenso große Entwürfe notwendig, um MitläuferInnen zu beruhigen – heute reicht ein kleiner fiktiver Wissensvorsprung, ein profanes Geheimnis, das sich in Cent umrechnen lässt, um Querulanten ruhig zu stellen und in ihnen den Eindruck zu erwecken, Herr der eigenen Lage zu sein.

Frank nahm eine Rauchpause.

»Guten Tag, Sie sprechen mit Jean Améry, was kann ich für Sie tun?«

»Bist du neu?«

Frank war überrascht und hellwach. In der Einschulungsphase wurden ihnen unterschiedlichste Beispiele skurriler Anrufe vorgespielt; Anrufe, die für Frank eine willkommene Abwechslung bei seiner monotonen Beschäftigung waren. Was das Unternehmen als Betriebsstörung ansah und von KollegInnen als Stressfaktor beschrieben wurde, konnte Frank nur als Sabotage der KonsumentInnen zur Unterhaltung der Angestellten wahrnehmen. Welch' eine Ehre, schon am ersten Tag eine schräge Anruferin reinzukriegen!

»Sie haben recht, Gnädigste, was kann ich für Sie tun?«

»Haben sie dich zur Arbeit gezwungen?«

Das war keine verrückte Anruferin, auch keine Saboteurin, das war ein Initiationsritus der Ausbildungsleitung. Schade eigentlich.

»Nein ich hab jetzt endlich meinen Traumjob gefunden. Danke,

T-Mobile, danke, AMS und danke auch allen, die mitgeholfen haben hinter den Kulissen.«

Die Nummer war unterdrückt, er konnte also auch nicht, wie es ihnen immer wieder eingetrichtert wurde, den Namen der Anrufenden anfügen. Im *Call-Center*-Jargon heißen diese: »Die Unterdrückten« – »Freiheit und Nummern für alle Unterdrückten!«

»Du hörst von mir«. Die Anruferin legte auf, ohne Gruß.

Frank sah sich als Sieger, und es war ihm egal, als renitent eingeschätzt zu werden, was nur seinem Plan zuträglich sein würde, in spätestens einem Monat das »Abenteuer Wirtschaft« wieder hinter sich zu lassen.

Um 16 Uhr 12 machte sich Frank auf den Heimweg. Der Waggon war ihm egal, die Regeln galten nur morgens, der Heimweg war frei. Er saß im vierten oder fünften Waggon, gegenüber eine Frau mit Kind, sichtlich in Eile. Das Kind wusste offensichtlich damit nichts anzufangen. Was ist Eile? Wann lernt man das? Das erste Mal Harndrang ohne Windel? Das erste Mal zum Christkindfeiern bei der Oma? Frank beschloss, am Abend zu *googeln*: »Frühkindliche Eile« oder »Zeitverständnis von Kleinkindern in kapitalistischen Verhältnissen.« Frank war müde. Sollten beide *Google*-Ergebnisse eine gerade Anzahl an Ergebnissen auswerfen, würde er anschließend noch in die *Blaue Tomate* gehen.

Er sinnierte darüber, wie sehr sein Leben durch den Verlauf der U-Bahn-Linie 3 strukturiert wurde. Ohne Umsteigen erreichte er seine Lieblingslokale, seine Lieblingskinos, das Museumsquartier, alle seine ÄrztInnen und jetzt auch noch seinen Job. Nie hätte er ihn angenommen, lieber wieder sechs Wochen ohne Bezug und Betteln beim Sozialamt – wäre da nicht die U3. Vor 10 Jahren hätte er sich geweigert. Sicher sogar. Aber damals gab es auch noch kein *T-Mobile* und keine *Call-Center*, und das Arbeitsamt war noch kein Unternehmen.

»Was erwartest du noch vom Leben?«

Unvermittelt, ohne das sonst umständliche Wer-bin-ich-Gestammel, konfrontierte ihn dieselbe Anruferin mit einer persönlichen Frage. Eine Frage, die meist von VersicherungsvertreterInnen oder ebenso aufdringlichen christlichen Sektenmitgliedern gestellt wird, um mit sinnsuchenden Halbintellektuellen ins Gespräch zu kommen. Sie passte stimmlich in keine der beiden Kategorien.

»Sie sind hier bei *T-Mobile*, Sie sprechen mit Jean Améry, was kann ich für Sie tun?« Frank tat so, als hätte er ihren Einstieg gar nicht wahrgenommen.

»Was erwartest du noch vom Leben?« Wie selbstverständlich wiederholte die Frau ihre Frage in derselben Tonlage.

»Haben Sie sich verwählt?« Seit fünf Tagen beantwortete Frank dieselben Fragen; noch keine konnte ihn bisher irritieren. Die klare, kühle Frauenstimme forderte ihn heraus, die Unverschämtheit ihrer Frage regte ihn an. »Sie sind hier bei *T-Mobile.*«

»Ich nicht, mein Lieber, *du* bist bei *T-Mobile.*«

Das Vertrauen in die MitarbeiterInnen war gering. Bereits in der Ausbildung wurde ihnen unterbreitet, dass es ab und an *Mystery Calls* gibt: Eigens geschulte ControllerInnen, die sich als KundInnen tarnten; das Ergebnis wurde ausgewertet und für weitere Schulungen verwendet.

»Haben Sie ein Problem mit *T-Mobile*, ansonsten bitte ich Sie, die Leitung freizugeben.«

»Ich nicht, aber du!«

Frank legte auf. Bei persönlichen Beleidigungen durften sie das auch. Ob *Mystery Calls* immer so albern verliefen?

Frank schaltete auf Pause und eilte in die Kantine. 30 Minuten gestand man ihnen als Mittagspause zu – unbezahlt, versteht sich. Rechnete man je dreieinhalb Minuten für den Weg zur und von der Kantine ab, kalkulierte die Wartezeit auf etwa fünf Minuten und gönnte sich dann noch den erleichternden Weg auf die Toilette, für den gut vier Minuten zu veranschlagen waren, schrumpfte die eigentliche Pause auf 14 Minuten.

»Einen kleinen Espresso und ein Kännchen Milch, bitte.«

»An Melauunch?«

Selten hatte Frank eine Nachfrage derart einschüchternd erlebt. Die Kantine war ein eigenes Soziotop. Hier galten nicht die Verhaltensregeln der Unternehmensberatungen; hier war jegliche Form von *Corporate Design* außer Kraft gesetzt. Dies traf wohl auf alle Kantinen Wiens zu – für die Kantine des *Allgemeinen Krankenhauses* ebenso wie für das Badbuffet im *Gänsehäufel*. Das strenge Regime – jeder Sonderwunsch stellte eine kleine Rebellion dar – war ihnen gemein. An Franks bisherigen Arbeitstagen herrschte »Frau Hertha«, wie sie von allen genannt wurde, über den Heißwassergetränkeausschank. Mit ihr hatte Frank sich unter Zuhilfenahme einiger Demuts- und Anerkennungsgesten so weit verständigt, seinen Espresso schwarz, mit Milch extra, zu bekommen. Heute, da Frank ihrem Mann, Herrn Robert, gegenüberstand, musste er wohl von vorne beginnen.

»Nein, bitte einen kleinen Espresso und die Milch extra.«

»An Häferlkafeee?«

Es fällt schwer, einen Menschen mit einem eklatanten Assoziationsdefizit *nicht* zu beleidigen; angesichts des konkreten Machtverhältnisses entschied Frank sich für Demut. »Nein, bitte einen kleinen Schwarzen und ein kleines Gläschen Milch. Kann ruhig auch kalt sein.«

»Ahaa! An klan Mokka, aber für de Müch hob i kan Preis, tuat ma lad, de kaun i ned bonieren.«

Die kalkulierten 5 Minuten waren schon überschritten, die Pause bereits auf 12 Minuten geschrumpft. Frank musste konzentriert bleiben, wie ein Fluglotse, der einen erblindeten Piloten zur Landung anleitet. »Bitte, bonieren Sie eine Melange, und geben Sie mir dann den exakt dafür vorgesehen Anteil an Kaffee und Milch, aber in zwei Tassen.«

Herr Robert war merklich misstrauisch, man las immer häufiger von Trickbetrügern – der Neffentrick, die Hütchenspieler – und immer wieder auch von Geldfälschern mit neuen Ablenkungsmanövern. Frank sah am Gesichtsausdruck Herrn Roberts, dass die Mission »Pausenkaffee« kurz vor dem Scheitern stand.

»Frau Hertha hat das so vorgeschlagen.«

Herrn Roberts Gesicht entspannte sich, seiner Frau vertraute er offensichtlich. Seine Souveränität wiedergefunden habend, goss er aus dem Milchschäumgefäß ein Achtelglas halb voll mit leicht geschäumter Milch, stellte einen kleinen Espresso aufs Tablett und schob es Frank über die Theke.

»Besten Dank, Herr Robert, sehr freundlich!« Frank hatte in der Kantine immer ein Zwei-Eurostück dabei. Damit ließen sich der Espresso, die Milch und zehn Cent Trinkgeld bezahlen und mühevollen Wechselprozeduren aus dem Weg gehen. Er setzte sich an einen der schmucklosen, weiß furnierten Tische; die Stehpulte waren ihm tendenziell lieber, nur war dort die Gefahr größer, dass sich KollegInnen zu ihm gesellten.

Die restlichen sieben Pausenminuten mit KollegInnengesprächen zu vergeuden, stand ihm nicht im Sinn. Lieber beobachtete er. Ob die *Mystery CallerInnen* auch die Kantine besuchten? Er sah eine Frau, zu der die Stimme vom Vormittag ansatzweise passte. Aber egal. Noch fünf Wochen, dann war das Kapitel Arbeit wieder passé.

Frank trank seinen Espresso und die Milch und amüsierte sich über Herrn Robert, der seiner Tochter Denise, die für die Bereitung der Snacks zuständig zeichnete, umständlich die Geschichte mit der getrennten Melange erzählte und dabei immer wieder ungeniert auf Frank deutete.

»Guten Tag, Sie sprechen mit Jean Améry, was kann ich für Sie tun?«

»Warum hast du aufgelegt?«

Frank legte auf. Es läutete zweimal, Frank hob wieder ab.

»*T-Mobile*, Sie sprechen mit Jean Améry, was kann ich für Sie tun?«

»Willst du dich deinem Problem nicht stellen?«

Frank wurde wütend, sah sich von dieser *Mystery Callerin* radikal unterschätzt.

»Dieser Apparat explodiert in fünf Sekunden, piep, dieser Apparat explodiert in vier Sekunden, dieser Apparat explodiert in drei Sekunden.« Bevor Frank noch »zwei« sagen konnte, legte die Anruferin auf. Frank wähnte sich erneut als Sieger, viertelte einen Apfel, aß drei Viertel davon und hob wieder ab.

Kurz vor fünf war sie wieder dran. »Ich weiß, dass du gleich Dienstschluss hast, aber erklär mir nur eines: Wie kommt ein Feigling wie du dazu, sich ›Jean Améry‹ zu nennen?«

Frank stockte der Atem; es dauerte eine Weile, bis er antwortete.

»Sie sind die Erste in dem Laden, die Jean Améry kennt, warum stellen Sie mir diese Frage?«

»Warum Jean Améry?«

»Weil hier niemand eine Ahnung von Geschichte hat und, keine Ahnung, aus Langeweile, und naja, Sie können das ruhig weitererzählen, mir egal, aber hier in der Firma gibt es offensichtlich keine intelligenten Wesen.«

»Das seh ich auch so.«

Die kühle Souveränität der Anruferin faszinierte Frank. Kein Wort zu viel, keine unnötigen Stimmschwankungen; ob sie wohl auch mit »*T-Mobile*, Sie sprechen mit xy, was kann ich für Sie tun?« begonnen hatte?

»Ich melde mich morgen wieder.« Keine Grußformel, kein »also dann«.

Frank meldete Platz 14 ab, schob sich das vierte Apfelstückchen in den Mund und schlenderte zum Lift.

5

Monatlich veranstaltete *T-Mobile* sogenannte »Motivations-*Meetings*«, eine Mischung aus geschönten Unternehmenszahlen, angesagten Benimmregeln und Anregungen zu esoterischer Selbsterhöhung. Mindestens viermal jährlich musste man an diesen Meetings teilnehmen; da diese als Arbeitszeit galten, hatte Frank sich auch sofort bei erster Gelegenheit angemeldet. Von 9 bis 12 spulte er seine Agententätigkeit auf Platz 14 ab, wartete vergeblich auf Calla und ging um zwei nach zwölf in die Pause.

Für die Motivations-*Meetings* durfte das telefonierende Fußvolk die Aura der Geschäftsführung schnuppern und sich im Raum »Tennessee« versammeln. Gut gepolsterte Drehstühle, Mineralwasser und Orangensaft auf den Tischen, Kunstblumengestecke in den Farben des Firmenlogos. Der Raum war annähernd quadratisch, die Tische in einem tatsächlichen Kreis angeordnet, was es Frank verunmöglichte, für sich einen unauffälligen Platz auszuwählen, da durch kein Indiz erkennbar war, wo der Vortragende platziert sein würde. 28 MitarbeiterInnen aus allen Abteilungen waren angemeldet, alle 28 bemühten sich, in der obligatorischen Vorstellrunde auch cool zu erscheinen. Mehr als ein Drittel, so schätzte Frank, waren Deutsche, da sie bei der Nennung ihres Vornamens keinen bestimmten Artikel voranstellten. Der Vortragende wurde vom stellvertretenden Geschäftsführer als Kommunikations-*Guru* präsentiert und sprach mit niederländischem Akzent, welcher durchaus auch antrainiert sein konnte. Er eröffnete mit smart-rassistischen Einführungen:

»Wir konkurrieren mit deutsch sprechenden Polen in irischen *Call-Centers*, die gerade mal die Hälfte an Lohnkosten verursachen. Und trotzdem leistet sich *T-Mobile* ein Qualitäts-*Call-Center* im Herzen von Europa … weil ihr mehr als doppelt so gut seid! IHR

SEID GUUUT!!!«, schrie ihnen der Telefonsektenführer zu und motivierte sie, dies auch selbst zu behaupten.

»WIR SIND GUT!« mussten sie brüllen, erst zaghaft, nach fünf oder sechs Wiederholungen schon halbwegs inbrünstig. Den Singular durften sie nicht verwenden, da steckt wohl zuwenig Firma drin. Und weil sie gut waren, hatten sie auch die Fähigkeit, besser zu werden. Jeden Tag, jede Minute.

»Was auch immer ihr macht, es kann optimiert werden! Notiert euch alles, was euch auffällt! Sprecht mit den Kollegen darüber, schreibt eure Feststellungen ins Mitarbeiterforum ... es steckt unheimlich viel Potenzial in euch!« Und dann fing der quirlige Sprecher – ein Mann von etwa einsdreiundsechzig; toller schwarzer Anzug mit leicht silbrigem Glanz; feinste Lederschuhe, die beinahe wie Mahagoniholz wirkten; glatt rasiert, aber mit deutlich starkem Bartwuchs und dem niederländischen Akzent – an, im Kreis herumzulaufen und auf jeden einzeln zu deuten, »DU hast Potenzial und DU hast Potenzial! ... Wenn nur jeder tausendste Inder auf die Idee kommt, Deutsch zu lernen, haben wir in zwei Jahren eine Million Konkurrenten im Business! Die würden unseren Job um ein Zehntel unseres Gehalts machen! Aber wir sind GUT, wir haben Potenzial und wir sind motiviert! Fasst euch an den Händen, schließt die Augen und schreit ganz laut: WIR SIND DIE BESTEN!«

Nach dreimaliger erneuter Aufforderung zu schreien, und der Versicherung des Gurus, dass durch die gepolsterten Türen nichts an die Außenwelt dringe, schrien alle, auch Frank: »WIR SIND DIE BESTEN!«

Der Motivator fand die Gruppe hervorragend, »viel besser als diejenige heute Morgen in Zürich«, entließ die TeilnehmerInnen in die Pause, die sie langsam schlendernd, ohne zu sprechen, im begrünten Innenhof verbringen sollten, und kündigte für den zweiten Teil seines Seminars Kleingruppenarbeit an. Beim Schlendern ging Frank einiges durch den Kopf. Werden die Bosse dieser Welt wohl auch so motiviert? Und wer motiviert die MotivatorInnen? Sind am Ende die Motivationsseminar-LeiterInnen InvasorInnen von einem anderen Stern und niemand außer ihm merkte das? »Kommen Sie dann wieder, Jean war Ihr Name, oder?«, sagte der kleine Mann zu ihm. Klar, der hatte Empfänger und Sender in seinen blendend weißen Zähnen, also am besten ruhig bleiben und ahnungslos wirken.

Die zweite Einheit war der Kleingruppenarbeit gewidmet. Die Einteilung erfolgte per Zufall (die letzten zwei Ziffern der Handynummer). Frank hatte sich mit Andrea, dem Jakob und der Jana abzumühen. Der Guru machte es sich leicht, packte altbewährte gruppendynamische Fragestellungen auf den Tisch.

»Wo seht ihr den Telefonmarkt in fünf Jahren, wo seht ihr *T-Mobile* in fünf Jahren und wo seht ihr euch selbst ganz persönlich heute in fünf Jahren? Lasst eure Gedanken schweben und kreisen.«

Dabei breitete er seine Arme wie die Flügel eines Flugzeuges aus, zog eine kleine Acht auf dem knappen Raum und lächelte beseelt wie ein siebenjähriger Junge, dem es zum ersten Mal gelungen war, einen Drachen allein in den Himmel steigen zu lassen. »Für Trainingszwecke werden die Kleingruppen mitgefilmt«, erwähnte er noch beiläufig, war sehr, sehr souverän und gleichzeitig auf Widerspruch gefasst. Dieser blieb aus, wie auch in Zürich. Datenschutz und *Privacy* war nicht mehr sexy. In den 90er-Jahren mussten sich die MotivatorInnen ständig durch lästige Restriktionen einschränken lassen. Gewerkschaften, Individuen, ja sogar manche Geschäftsführungen pochten auf Datenintimität. Heute ist es leichter. Wer geheim bleiben will, ist ein potenzieller Betriebsspion, und wer keinen *facebook*-Eintrag hat, tendenziell terrorverdächtig.

Andrea war eine sportliche Erscheinung, geschmackvoll gekleidet mit einem Hang zum Understatement – aus »Ex-Ost«, wie sie es selbst bezeichnete, und, obwohl erst 30, konnte sie sich vorstellen, bei *T-Mobile* in Pension zu gehen. Sie lächelte verlegen und ergänzte: »Vielleicht auch mal die Abteilung wechseln.«

Sie sagte diesen Satz direkt in die Kamera, so als würde dahinter die Chefin der Personalabteilung sitzen. Frank bekam eine Gänsehaut im Nacken, Fremdscham lässt sich sehr schwer unterdrücken.

»In diesem modernen Unternehmen«, fuhr sie fort, »und in Wien bleiben«, ergänzte sie hastig, als ob ihre Abschiebung nach Frankfurt an der Oder unmittelbar bevorstünde. Andrea war schon seit mehr als zwei Jahren als Buchhalterin tätig. Ihr Statement klang wie ein Bewerbungsgespräch in Permanenz.

Jakob war konträr. Eine schüchterne Erscheinung, schlaksig, mit Rundrücken, Jeans, Sneakers; einem großkarierten Hemd, das nur teilweise in die Hosen gesteckt war und einer Baseballkappe mit der Aufschrift »Safe What's Left«. Jakob war extrem blass, als gäbe es irgendwo Anti-Solarien.

»*Call-Center* werden in fünf bis zehn Jahren vollautomatisiert funktionieren, *T-Mobile* ist eine vorübergehende historische Erscheinung, und ich selbst werde zu denen gehören, die an der Entwicklung der Software für die neue Generation *Call-Center* gut verdienen.« Jakob hob und senkte seine Stimme kein einziges Mal, er holte auch nicht zwischendurch Luft; eine Wortmeldung aus einem Guss, dann schwieg er wieder.

Jana war nicht zufällig Assistentin der Geschäftsführung; moderne Steckfrisur, dezent geschminkt, lichtblaues Seidenkostüm, Lackschuhe mit niedrigen Absätzen. »Die Branche bietet fast täglich Neues, die Internationalisierung finde ich prickelnd. Ich sehe mich bei *T-Mobile* in einer anderen Stadt, einer Metropole vielleicht, Paris oder London or maybe New York.« Der Traum klang echt und das »maybe New York« sicher nicht das erste Mal so ausgesprochen.

Bis zuletzt hatte Frank keine Ahnung, was er in diesem albernen Setting beitragen sollte; die Wortmeldung Jakobs legte die Latte etwas höher. Er blickte in die Runde – die Sprechpause war schon eine Spur zu lange –, räusperte sich kurz und schlug das linke Bein über das rechte, wodurch seine rosafarbene Socke zum Vorschein kam, was Jana zu einem verlegenen Lächeln nötigte.

»In fünf Jahren wird eine Kommunikationsverweigerungswelle

ausbrechen, KeinEr, die oder der was auf sich hält, wird noch telefonieren, nur wirkliche Prolos und Omis und Opis werden freiwillig zum Handy greifen. Ich werde Schriftsteller sein und damit gut Kohle machen.« Die anderen sahen ihn entgeistert an und dann verlegen weg, als hätten sie einen Geistesgestörten reden hören, dem man das nicht so einfach ins Gesicht sagen konnte.

Jakob fasste sich als Erster, trommelte mit den Fingern seiner linken Hand rhythmisch auf den Tisch und sagte: »Genau.«

6

»Ottakring« hatte den unschätzbaren Vorteil einer Endstation. Frank konnte sich absolut sicher sein, dass niemand seinen Platz besetzte. Und, er wusste genau, wo der Waggon anhielt. Da alle anderen immer mit einem seltsam suchenden Blick einstiegen, er aber gezielt seinen Platz ansteuerte, stellte der täglich gleiche Platz, *sein* Platz, keine große Herausforderung dar.

Frank beobachtete belustigt, wie die anderen auf der Suche nach einem idealen Platz ihren freien Willen kreisen ließen, bevor sie sich für fünf bis zehn Minuten auf einen der freien Plätze setzten. Manche wählten nach fixen Kriterien: ein sauberer Platz ohne Kaugummi, immer in Fahrtrichtung oder niemals bei geöffnetem Fenster. Schwerer hatten es diejenigen, die sich gerne neben einen Menschen setzten, der mindestens eine Spur spannender als sie selbst es waren, wirkte. Sie hielten sich länger im Türbereich auf, suggerierten Unschlüssigkeit und beobachteten die Einsteigenden aus den Augenwinkeln. Dabei war die U-Bahn nachweislich nicht der Ort, neue Leute kennenzulernen. Frank ritzte sein »F« und benötigte dabei erstmals nur drei Stationen.

Ab »Westbahnhof« versuchte er noch zu dösen.

»Hi, Magda – wie geht's?«

»Es muss gehen. Du hast Platz 13.«

Blitzartig kam Frank der Gedanke, dass Calla und Magda unter einer Decke steckten. Klar! Sie wies jeden Tag die Plätze zu – sie wusste sicher auch, wie man einen konkreten Platz anwählen konnte.

»Hast du keinen anderen frei? Dort hinten zieht es wahnsinnig.«

»Nene, keine Chance. Sei ein Schatz und setz dich hin, und ich versprech dir, dich nicht mehr auf 13 bis 15 einzusetzen.« Sie wirkte auf die Situation vorbereitet, keine Spur irritiert. War Magda die lesbische Geliebte von Calla?

»Guten Tag, Sie sprechen mit Jean Améry, was kann ich für Sie tun?« Calla hatte ihn heute zwei Stunden warten lassen. »Ich wollte gerade Pause machen, ruf später wieder an.« Franks gespielte Gelassenheit hatte nichts Glaubwürdiges.

»Guten Tag, Sie sprechen mit Jean Améry, was kann ich für Sie tun?«

»Guten Morgen.«

Wie schaffte sie es bloß, immer an seinen Platz vermittelt zu werden? Frank glaubte nicht mehr an seine These mit dem *Mystery Call*. Nie würde man ihn mit derartiger Intensität überwachen. Wer aber trieb da ihr böses Spiel mit ihm?

»Wer sind Sie?«

»Nenn mich, wie du willst, und lass uns diskutieren.«

»Worüber?«

»Über die Verhältnisse und deine Rolle, deine Ziele und Jean Améry.«

Frank hatte den *Wikipedia*-Eintrag über Jean Améry aufmerksam studiert und in »Jenseits von Schuld und Sühne« hineingelesen. Es wurde ihm dabei schnell klar, was die Frau am Telefon meinte, als sie sein Pseudonym als anmaßend empfand.

»Wie heißen Sie?«

»Nenn mich, wie du willst«, wiederholte sie, im exakt gleichen Tonfall und ohne den leisesten Anflug von Ungeduld, »es spielt keine Rolle, wir werden uns nie begegnen.«

Die Frau zog Frank voll in ihren Bann, nie zuvor war jemand ihm gegenüber so kühl und gleichzeitig so aufmerksam gewesen. Sie sprach akzentfrei deutsch, aber nicht geschult; er musste sich ein Bild von ihr machen, hatte kaum Anhaltspunkte. Frank entschied sich für eine Art Grace Jones: androgyn, sehr sexy. Nicht so drahtig, etwas molliger. Und keine fletschenden Zähne. Ein wenig vielleicht auch von Jutta Ditfurth, nur ruhiger, viel ruhiger. Frank nannte sie »Calla«, ein Kunstwort für die weibliche Anruferin, er würde sie nie direkt so ansprechen, hatte Angst vor ihrem Hohn. Er, für sich, war sehr zufrieden mit der Namenswahl.

»Ich weiß, dass Jean Améry ein bedeutungsvollerer Mann war, als ich es je sein werde.« Frank wollte das Thema vom Tisch haben und weder als Hochstapler gelten, noch sich weiter rechtfertigen müssen.

»Niemand ist per se bedeutend oder bedeutungslos. Jean Améry hat sich nie auf seine Opferrolle zurückgezogen, das zeichnete ihn aus. Kennst du ›Schuld und Sühne‹?« Bisher war Calla eine Kunstfigur, die nur im fernmündlichen Medium existierte. Beobachtete ihn diese Frau umfassend? Verdammt, wer war diese Frau?

»Nein«, log er, und versuchte eine Reaktion zu provozieren. Wie zu erwarten, blieb diese aus.

»Lies nach auf Seite 142, letzter Absatz. Ich melde mich morgen wieder.«

Frank meldet sich ab.

In der Kantine gesellte sich Frank zu einem rauschebärtigen Hünen mit Nieten am ganzen Körper.

»Entschuldigung, bist du von der IT?« Eigenartigerweise rekrutiert sich beinahe die gesamte IT-Branche aus zwei Typen: *Heavy Metals* und Harry Potters.

»Nein, ich komm nicht von dort, aber ich arbeite dort.«

Allzu gut konnte Frank nachvollziehen, dass der IT-Mensch seine spärlichen Pausenminuten nicht mit KollegInnengesprächen verschwenden mochte.

»Nach welchen Regeln werden die einlangenden Gespräche auf die einzelnen Stationen verteilt?«

»Wir sind im 3. Stock, ich bin bis 18 Uhr erreichbar, schau einfach vorbei.« Und jetzt entschuldige mich, sagte er nicht mehr, aber Frank respektierte es auch ungesagt.

Am Arbeitsplatz wirkte Ronnie wesentlich entspannter – eine

kleine Miniaturwelt, fast völlig abgedunkelt; kleine grüne, blaue und rote Lämpchen, die blinkten und flackerten; drei kleine Badeentchen auf dem Pult und zwölf Monitore. Frank war dieser Arbeitsplatz suspekt (wie fast jeder andere Arbeitsplatz auch, den er bisher gesehen hatte); er beneidete Ronnie aber auch, wegen der Abgeschiedenheit und dem ruhenden Telefon.

»Wir unterscheiden zwei große Gruppen: die Kunden und die Fremden«, begann Ronnie seinen Vortrag. »Wer von einer 0676-Nummer anruft, wird wieder unterteilt in eine Gold-, Silber-, Platin- und Bleikategorie.«

»Blei?«

»Ja, das sind die, die bereits mehr als einmal mit der Rechnung in Verzug waren. Sie werden automatisch in die Verrechnungsabteilung durchgestellt. Keine Kohle, keine Auskunft – et basta!« Ob Ronnie spaßte, oder der allgemeine Trend zur Überidentifikation mit der Firma auch *Rough Rider* schon erfasst hatte, war nicht wirklich zu erkennen. »Silber sind KundInnen mit niedrigen Rechnungen, die warten 4 bis 10 Minuten; Gold zahlen hohe Rechnungen und warten 2 bis 5 Minuten, wer öfter als dreimal im Monat anruft, bekommt eine Minute dazu, usw.«

»Habt ihr das selbst programmiert?«

»Es ist nicht immer leicht, die schrägen Wünsche der Geschäftsführung zu verstehen oder nachzuvollziehen; ein einziges System von Sanktionsmechanismen; die Übersetzung in binäre Logik ist dann nicht allzu kompliziert.«

»Und Platin?«

»Das sind GeschäftspartnerInnen, Leute mit extrem hohen Rechnungen: Journalisten, Anwälte und so Gesocks. Für die gibt's auch ein eigenes Betreuungsteam.«

»Echt?«

»Ja, das sind die sieben Desks im 2. Stock, direkt neben der Geschäftsführung. Etwas ruhigere Plätze, längere Gespräche, weniger Schwachsinn – eine echte Karriereoption für *Agents*.«

Frank spürte die Verachtung Ronnies für Leute, die nichts anderes taten, als den ganzen Tag zu telefonieren, tat aber so, als merkte er nichts. »Und die Fremden?«

»Die werden automatisch zu euch geschickt; ruft eine Nummer öfter an, wartet sie länger, *Telering* vor Festnetz und *Orange* und so weiter; die Fremden bringen bares Geld, die sollen ruhig ein bisschen hängen.« Es war doch Überidentifikation, aber noch nicht chronisch, vielleicht war *Rough Rider* noch zu retten.

»Und die Unterdrückten?«

»Die warten generell fünf Minuten und werden dann auf den ersten freien Platz von euch geschaltet.«

»Ist das theoretisch möglich, dass jemand immer genau auf den Desk kommt, an dem ich eingeloggt bin?«

»Wirst du belästigt?«

»Nene, aber ist es theoretisch möglich?«

»In der binären Welt ist alles möglich«, orakelte *Rough Rider*, »unser Programm macht das nicht und von außen kommt da auch niemand ran. Es kommt vor, dass Leute 50 oder 60 Mal täglich anrufen, und alle, die mit den Spinnern zu tun haben, glauben, nur sie wären betroffen. Frag mal KollegInnen, die schon länger da sind.«

»Danke Ronnie, hast ein Bierchen gut.« Frank würde seine KollegInnen nicht fragen; Calla hatte sowohl die Intelligenz als auch das Know-how, ihn direkt anzurufen, davon war er fest überzeugt. Sie hatte *ihn* ausgewählt und nicht irgendjemand; warum, wusste er noch nicht. Er beschloss, sich nicht weiter um technische Details zu kümmern und stattdessen die Motive von Calla zu eruieren.

Um 17 Uhr 48 verließ er das Office, und der Blumenstrauß, den er Magda vom Empfang fünf Tage vorher zu ihrem 28. Geburtstag geschenkt hatte, begann zu verwelken.

»Ciao, Magda!«

»Ciao, Frank.«

Magda hatte auch mehr auf dem Kasten, als hier bei einer Telefonfirma am Empfang zu versauern, aber wusste *sie* das auch? Irgendwann würde er ihr diese Frage stellen; er wusste nur nicht wie, ohne dabei arrogant zu wirken. In fünf Wochen war er sowieso wieder weg

hier und Erweckungsfantasien waren ihm bisher ja auch fremd gewesen.
Frank wollte noch ein bisschen schlendern und anschließend in die *Blaue Tomate*, sein Lieblingslokal außerhalb des Gürtels, ein Chili essen. Die U3 wechselte entlang der Strecke sehr oft ihr Publikum. Von »Simmering« bis »Landstraße« dominierten derb ausländerfeindliche Haltungen, vorgebracht von sehr weißen Jugendlichen mit minimalistischem Wortschatz und lauten Stimmen. Von »Landstraße« bis »Stephansplatz« stiegen Damen mit edlen Hüten, Männer mit Loden- und Staubmänteln sowie italienische, japanische und deutsche TouristInnen zu. Von »Stephansplatz« bis »Westbahnhof« wurde die Anzahl der Einkaufstaschen größer, oft auch mit Tragetaschen von edlen Geschäften *geposed*. Die Anzahl der Reisetrolleys stieg mit der Nähe zum Westbahnhof. Ab dort waren Trolleys und Einkaufstaschen noch bis »Johnstraße« zu sehen, um danach von mehrheitlich türkisch-, slawisch- und deutschsprechendem Proletariat abgelöst zu werden, was sich bis zur Endstation »Ottakring« nicht mehr änderte.

Frank entschied sich für die grünbürgerliche Schlendertour, fuhr mit der U3 bis Volkstheater und spazierte dann entlang der Straßenbahnlinie 49 beinahe direkt zur *Blauen Tomate*. Seitdem *Google-Map* auch eine FußgängerInnenfunktion hatte und, so hatten Franks Kontrollmessungen ergeben, erstaunlich exakte Angaben machte, hatten sich viele Strecken entmystifiziert. Die Strecke Volkstheater-*Blauen Tomate* etwa war 3,4 Kilometer lang und in einer Dreiviertelstunde gut zu bewältigen.

Da die *Tomate* erst um sieben öffnete und Frank bereits um Viertel nach sechs beim Volkstheater aus der U3 ausgespuckt wurde, war ein gemächlicher Spaziergang grundvernünftig. Neubau, wie der siebte Bezirk genannt wird, hatte seit einigen Jahren einen grünen Bezirksvorsteher, der für dieses ehrenvolle Amt sogar seine Trafik treuhändisch an andere übergab. Hier wohnten seit zwanzig Jahren die gleichen Leute. Damals waren sie als 20-jährige Studierende in Substandardwohnungen eingezogen, hatten in verrauchten Kneipen ihre ersten künstlerischen Schritte gemacht oder vom Designerdasein geträumt. Sie renovierten ihre Wohnungen, kauften anderen DesignerInnen überteuerte Klamotten ab und konnten sich nicht nur Sushis leisten, sondern *Bio*-Sushis. Niemand zog weg, alle wurden hier älter und die Kinder der Leute hatten weiterhin keine Parks zum Spielen. Selbst die Kommunistische Partei war geblieben und hatte aus ihrem *Siebenstern* das *Café 7Stern* gemacht, das sich architektonisch dem Trend und den Bedürfnissen der jetzt 40-jährigen Grünen anpasste. Er war nicht oft hier zu Gast; es war schwer, mit jemandem ins Gespräch zu kommen. Sehr anziehend fand Frank den Tagebucheintrag von Bert Brecht, der ganz groß als Sinnspruch im Raum prangte:

die elemente der lebensweise hier sind unedel. es muß die unwürdigkeit der produktionsverhältnisse sein, die da alles banal macht. hier, wenn irgendwo, wäre distanz nötig, aber niemand respektiert sie. das essen, das betrachten der landschaft, das gespräch, das schreiben eines buches, die geschäfte, all das hat hier noch einen anderen zweck, keinen ganz gut riechenden
und ist so nicht würdig und nicht zugänglich in sich.

Frank konnte ihn beinahe auswendig rezitieren. Seine Lieblingsverkäuferin der Straßenzeitung *Augustin* hatte er hier kennengelernt. Sie hatte ihm von ihrem Plan erzählt, zurück zu ihrer Tochter nach Tirol gehen zu wollen, und er hatte sie auf einen Tee eingeladen.

Es ließ sich hier vortrefflich spazieren. Frank machte es Spaß, andere Leute zu beobachten, ohne Gefahr zu laufen, angepöbelt zu werden. Blumenladen, Klamottenladen, T-Shirts, TrendfriseurIn mit Klamottenverkauf, Bioschuhe, Fotoladen, Boutique, Bioladen, Atelier, Galerie, Fotoladen, Fahrradladen, Bank, Bio-Café: Die Schienen der Straßenbahnlinie 49 wurden gesäumt von unzähligen freundlichen Läden für wohlmeinende Menschen. Frank hatte hier ein Gefühl der urbanen Geborgenheit; eine Welt, die nicht die seine war, aber eine, die ihm niemals zu nahe treten würde.

Am Ende der Westbahnstraße weitete sich alles. Zur Linken, bevor man ins gefährliche Straßengewusel des Gürtels eintrat, lag eine kleine Polizeistation – schlicht, in ein Wohnhaus eingebettet, wie eine kleine Grenzstation. Die Überquerung des Gürtels hatte nichts Lustvolles. Nirgendwo sonst hatten AutofahrerInnen derart schlechte Laune. Es war kein Wunder, dass man auf halber Strecke innehielt. Dort, wo als Labestationen diverse Dönerbuden und Ähnliches aufgebaut waren; dort, wo auch die Straßenbahnstation großzügig überdacht war. Auf eben dieses Mittelstück war auch die städtische Hauptbücherei gesetzt worden. Wie ein großes Schlachtschiff der Intellektualität, an der Grenze zwischen bürgerlicher Innenstadt und proletarischer Vorstadt, nicht als Ausschluss, sondern als Vermittlung, so wurde sie wahrgenommen. Auch wenn der sinnliche Eindruck der Ecke klarmachte, dass das Bücherschiff von beiden Seiten nur geduldet war, weil es die Verkehrshölle nicht behinderte.

Frank wartete an der Fußgängerampel, um die Außenfahrbahnen des Gürtels zu überqueren und, der Märzstraße folgend, seinen Weg in die *Blaue Tomate* fortzusetzen.

»Could you please give me your lights?« Der attraktive Mann war etwas größer als Frank, sicherlich englisch muttersprachlich, und er trug feine Kleidung, die es nicht nötig hatte, Markenetiketts zu tragen. Vor allem das Leder der dunkelbraunen, makellos geputzten Schuhe beeindruckte Frank nachhaltig. An anderen Leuten bewunderte Frank oft Dinge, die ihm selbst unwichtig waren. Er versuchte, dem Fremden mit seinem Feuerzeug möglichst cool dessen Zigarette zu entzünden, scheiterte aber kläglich.

»The wind!«, brachte Frank hervor und schämte sich für seine unbeholfene Ausdrucksweise. Beim dritten Mal klappte es aber und Frank lächelte zufrieden.

»Do you know a nice pub in this area?«

»Hmm, I don't know, what kind of pub?«

»Just a pub where we could drink a beer or two.«

Frank fühlte sich geschmeichelt, dass der attraktive Fremde ihn mit einem wie auch immer gemeinten »wir« bedachte.

»If your pub is that what we call in Vienna ›Beisl‹, then you can go with me to the *Blue Tomato*. It is nice and just twenty minutes from here.«

»Oh nice, thank you, let's go!«

»I am Frank!« Frank streckte dem Fremden die Hand entgegen und war selbst von seiner offensiven Art überrascht.

»I'm Bo, nice to meet you!«

»Oh, Beau! Like the french word for ›beautiful‹!« Hätte er das einer Frau gegenüber erwähnt, wäre er vor Peinlichkeit versunken; Männern gegenüber hatte Frank eine höhere Eigentoleranz.

Bo lächelte milde. »No, not french, just B-o, Bo!«

»Let's go!«

Bo ließ Frank den Vortritt; der steuerte sofort den kleinen Tisch unter der Treppe, gleich neben dem Eingang, an. Er wollte nicht, dass alle mitkriegten, in welch schlechtem Englisch er seinem Gast begegnete, und er wollte auch nicht, dass Bo von irgendeiner Barfly angesprochen wurde.

Frank ging an die Bar und bestellte bei Isabelle zwei Bier.

»Heute kein Weizen? Wer ist dein Freund?«

»Er ist ein englischer Tourist, und ich hab keine Lust, ihm in schlechtem Englisch den Unterschied zwischen normalem und Weizenbier zu erklären.«

»What are you doing in Vienna?«, fragte Frank und ließ keinen Zweifel daran, dass es ihm äußerste Mühe bereitete, englische Konversation zu betreiben. Bo sah großmütig darüber hinweg. »I am looking for some adventures and solutions.« Eine tiefsinnig wirkende, blödsinnig oberflächliche Antwort eines Executive-Vice-Chiefs einer international agierenden PR-Agentur, dachte sich Frank und antwortete entsprechend: »Oh, great!«

Bo schaute sich im Lokal um, musterte die Leute, die Plakate, die Bewegungen der Kellnerin.

»How long will you stay in Vienna, Bo?« Frank hatte gehofft, dass Bo das Gespräch führen würde und er nur mitzureden brauchte. Bo wirkte aber etwas gelangweilt, und Franks Fragen waren auch nicht gerade aufregend. »Some days, a month, two years, I have no idea.«

Bo ging zur Toilette und kam nach einigen Minuten lächelnd zurück. Noch im Stehen trank er den letzten Schluck Bier, sagte: »Nice to meet you«, wechselte in den Barbereich im Nebenraum, legte Isabelle einen Zehner auf die Bar, zwinkerte ihr kurz zu, fasste damit die gesamte Rechnungskommunikation in einem Wimpernschlag zusammen und verließ ohne weiteres Aufsehen die *Tomate.* Bereits auf den Stufen nach oben wendete er den Blick noch einmal kurz zu Frank. »And see you, guy!«

»Bye, bye, guy!« Mehr fiel Frank in der Eile nicht ein.

»Der hat Stil, kommt der wieder?«, fragte Isabelle, und Frank meinte lapidar: »Bring mir ein Weizen, bitte. Ich glaub eigentlich schon.«

Isabelle brachte Frank das Weizenbier an seinen Tisch, »ohne Lemone«, wie sie sich auszudrücken pflegte, um anzuzeigen, dass sie sich seine Vorlieben bereits gemerkt hatte. Frank schien, dass sein Auftreten mit Bo ihn für Isabelle eine Spur interessanter gemacht hatte, was ihm nicht unrecht war, aber noch lange kein Grund, sich Hoffnungen zu machen, bei ihr auch nur temporär landen zu können. Er war noch nie in der *Tomate* an einem der Tische gesessen, und die neue Perspektive ließ ihn befürchten, dass seine sonst geführten Gespräche sich nicht von denen abhoben, die er jetzt, aus der Distanz, zu hören bekam. Für die letzten beiden Schlucke stellte Frank sich an die Bar und bestellte für sich und den links neben ihm stehenden Werner einen *Fernet;* »zum Heimspülen«, wie er sich gekonnt, der Thekensprache anpassend, ausdrückte. Hocherfreut bedankte sich Werner, ließ Frank und den Bitter hochleben und konnte sich nicht verkneifen, noch zu sagen: »Hej, ist dein schwuler Freund auch ein Telefon-Agent, 007?«

Es tat ihm nicht leid um den Fernet, auch nicht um Isabelle, die wahrscheinlich aus Selbstschutz mit den anderen traurigen Gestalten an der Bar in das dreckige Lachen mit einstimmte, sondern um die verlorenen Minuten, die er sich immer wieder mit solchem *Volk* abgab. Frank legte weniger elegant als Bo und nicht in der Absicht, diesen zu imitieren, einen Fünfer auf die Theke. »Ciao, Isa.« Er wäre jetzt gern mit Bo in der *Blue Box* saufen gewesen, und Bo würde ihm erzählen, dass er Regisseur sei und Frank eine Rolle anbiete in einer Serie, die über drei Jahre in New York abgedreht werde und dass er Wien ein für alle Mal zurücklassen könne. Irgendwann würde er Bo wieder über den Weg laufen. Und dann.

Zu Hause mixte er sich noch ein Gin Tonic und besuchte im Internet *chatseite.at;* eine allgemeine, anonyme Homepage, auf der rund um die Uhr um Sex oder Ähnliches gebettelt wurde. Er suchte sich jedes Mal einen neuen Namen, beschränkte sich aber auf »Sandra22«, »Richardwien« oder Artverwandtes. Die meisten ChatterInnen – Frank schätzte den Männeranteil auf 90 % – zeigten abschreckende Kreativität bei der eigenen Namensgebung und nannten sich »puderking« oder »24x6cm_rasiert« oder »erdnase33oö« oder »ute-sau« oder »willblasenrealjetzt«. Frank war immer auf der Suche nach einem Chatroom, in dem das Geschlecht keine Rolle spielte. So was wurde aber weder im deutsch- noch im englischsprachigen Raum angeboten; es war bei der Anmeldung sogar obligatorisch, sich einem von zwei Geschlechtern zuzuordnen. Es spielte zwar selten eine Rolle, ob es mit dem biologischen oder sozialen Geschlecht übereinstimmte, es wurde aber verlangt, »m« oder »w« zu sagen. Erstaunlich, dass die Einschränkungen der materiellen Welt im virtuellen Raum nicht nur kopiert, sondern noch rigider gedoppelt wurden. Und die ChatterInnen verlangten dieses Bekenntnis auch sofort.

»Hallo! Bist du m oder w? Was suchst du?«

Wenn Frank dann antwortete, er sei wechselsexuell und suche nichts, weil er nichts verloren hatte, meinten die anderen meistens nur: »Du bist ein Spinner!«

Kein Spinner war man hingegen, wenn man fragte: »Hast du CAM, magst mich kommen sehen?«, oder: »Magst was Geiles TEL oder REAL?« Kaum jemand nutzte den virtuellen Raum, um dort etwas Eigenes zu erleben, alle waren einsam und wollten möglichst schnell jemanden kennenlernen. Sie flirteten aber nicht oder umgarnten charmant, sondern bestellten wie beim Fleischhauer einen Akt.

Heute schlüpfte Frank in die Rolle einer 26-jährigen Supermarktkassiererin und erhielt mehrere Avancen, sich SOFORT zu treffen, und zwei Anfragen, ob er nicht Sklavin werden wolle. Die Männer schickten Frank bereitwillig Telefonnummern, E-Mail-Adressen und einer sogar seine genaue Anschrift. »Das Taxigeld zahl ich, okay?«

Extrem sauer reagierten die Männer, wenn Frank ihnen am Ende eröffnete, dass er »m« war. »Hab ja gleich gewusst, dass du ein Fake bist, du schwule Sau!« Was machte die Chattenden so aggressiv? Hatten sie das Spielen völlig verlernt? Er meldete sich ab und versuchte es mit »Sweetmario« noch einmal.

Frank startete nie eine persönliche Konversation, wartete immer darauf, dass der/die andere begann. Dies gab den anderen das Gefühl, das Gespräch zu wollen und zu bestimmen. Seine Ausbeute war auch da bloß ein »Willst du TG, willst wissen, wofür?« von »HornyBi-Real«.

Frank fuhr den Computer runter, saugte die letzten Tropfen aus seinem Gin-Tonic-Glas und ging zu Bett.

7

»Hast du's gelesen?«

Calla hat eine direkte Art, die vollkommen ohne Floskeln auskam. Dabei wirkte es auf Frank nicht schroff, da in ihren Aussagen keinerlei autoritäre Redundanz lag. Sie verlangte keine Rechtfertigungen und Demutsgesten von ihm; das kannte er so nicht. Und sie war klüger als er, das machte den Kontakt zu ihr attraktiv.

»Ja, hab ich, aber ich will mich gar nicht mehr mit Jean Améry verglichen sehen. Lassen wir das und wenn es Sie sehr stört, dann ändere ich auch meinen Namen.«

»Nicht nötig. Du bist eben der Jean Améry des 21. Jahrhunderts.«

»Keinesfalls. Ich werde nicht verfolgt, ich bin kein Intellektueller, ich bin kein Schriftsteller und ich denke nicht dran, Selbstmord zu begehen.«

» ... und du bist kein Jude, wolltest du noch sagen.« Calla war beruflich wahrscheinlich Profilerin und machte diese Telefonate als Fingerübung, um ihre psychologische Klaviatur zu stimmen, bevor sie auflegte, um sich dem nächsten Fall zuzuwenden. Er wollte sagen: Ich bin kein Jude, das kam ihm dann aber irgendwie antisemitisch vor; aber auch das Zurückschrecken davor kam ihm antisemitisch vor. Jean Améry wollte auch kein Jude sein und schon gar kein Nicht-Jude. Das alles spiegelte sich wahrscheinlich in der wenige Zehntelsekunden andauernden Sprechpause wider, und Calla hat es bemerkt und eingeschätzt.

»Was willst du von mir?« Frank wechselte auf das Du-Wort, um ihr etwas ebenbürtiger zu sein und ihr zu zeigen, dass er aufgegeben hatte, sie für eine querulante Kundin zu halten.

»Warum willst du immer alles auf einmal erfahren? Hast du keine Geduld?«

Sie hatte recht. Frank hechelte hinterher, wie all die armen Seelen in den Chatrooms, die jede Konversation mit »Was suchst du?« beginnen und dann auf die kokette Antwort »Nichts Bestimmtes, hab ja nichts verloren« mit »Ja gut, aber warum gerade in diesem Chat?« ihre Bedeutungslosigkeit untermauerten.

»Warum bist du bei *T-Mobile*?«

»Ich bin ein Weihnachtsgeschenk von dem MINISTER.« Frank wollte ein Schmunzeln, ein Lächeln, eine kleine Nachfrage, irgendetwas, das darauf hindeutete, dass Calla ihn cool fand, haben.

»Du willst aber nicht zu dem Drittel gehören, das bleibt?«

»Nene, sicher nicht.«

Vielleicht war Calla vom AMS? Vielleicht gab's auch so was wie *Mystery-Coaches*. Leute, die telefonisch herausfinden wollten, was hinter den undurchschaubaren Arbeitslosen wirklich steckte. Und deren Bericht stellte für die BetreuerInnen dann eine Grundlage für die Einleitung weiterer Maßnahmen dar. Abgefahren, vielleicht war er schon viel zu offen gewesen? »Kennst du Gerda?«

»Ich kenne niemanden.«

So leicht würde sie nicht zu knacken sein, das war klar, aber vielleicht war diese AMS-Paranoia sowieso abstrus; die machten auch nur ihren Job und das wohl eher mit sehr altmodischen Herangehensweisen. Eine Fachfrau wie Calla hätte das AMS nie bezahlen können. »Rufst du nur mich an oder nervst du meine KollegInnen auch?«

»Warum interessiert dich das? Was hätte das für Auswirkungen auf unser Gespräch?« Calla gönnte ihm tatsächlich gar nichts an Schmeichelei. Sie bräuchte nur zu sagen, ich habe *dich* ausgewählt blabla, und er würde innerlich schnurren. Misstrauisch zwar, aber er würde schnurren. Frank kam sich unendlich ertappt vor; jede Frage, die er stellte, sagte mehr über ihn selbst aus, als er durch die Antwort je erfahren konnte. »Versuch dich ganz auf unser Gespräch einzulassen, versuch nicht immer, alles von außen zu betrachten; es ist schwer, ich weiß. Ich melde mich.«

»Guten Tag, Sie sprechen mit Jean Améry, was kann ich für Sie tun?«

»Ich hab eine ganz besondere Nummer, und ich hab auf *ATV* gesehen, dass man die gut verkaufen kann, und bevor ich sie irgendwem verkaufe, wollte ich Sie fragen, was es der Firma wert ist, wenn ich die Nummer zurückgebe.«

»Verzeihen Sie, Sie sind Herr Rittner mit der Nummer 0676-1-112333?«

»Ja genau! Das müsste ihnen doch 100 Euro oder so wert sein, oder?«

»Mit Verlaub, ich verrate Ihnen ein Geheimnis. Sie haben bei uns einen extrem geringen Umsatz, wenn Sie Ihre Rechnung nicht binnen vier Tagen begleichen, erreichen Sie hier bei uns nur mehr die Rechnungsabteilung, und Ihre Nummer taugt nicht mal als Lottozahl. Kann ich sonst noch was für Sie tun?«

»Sie, Sie unverschämte Aushilfskraft, ich werde mich beschweren, wie war Ihr Name?«

»Jean Améry, mein Herr, schönen Tag noch!« Frank legte auf.

8

Das »F« war schnell geritzt. Frank sah sich um. Wer von den Fahrgästen war wohl noch arbeitslos oder vom AMS bemaßnahmt? Eine schwierige Frage mit einem wahrscheinlich die Statistik beschönigenden Ergebnis. Kaum einE ArbeitslosEr wäre so bescheuert, bereits um 7 Uhr 42 freiwillig in einer U-Bahn zu sitzen. Wer aber fuhr ohne Fahrschein? Gab es auch bei Fahrscheinlosen so etwas wie eine *prime time*? Die Wiener Linien schätzen die Fahrgäste ohne Fahrschein auf 5 %; hier im Waggon waren knapp über 40 Personen, wer neben ihm selbst fuhr also noch frei?

Es war alles viel zu anstrengend. Nachdenken am Morgen war wie das Umrühren eines Teiges mit zu wenig Wasser, und dann dachte man meist auch noch in Kategorien, die hegemonial vorgegeben waren. Er, Frank, fuhr schon lange nicht mehr »ohne«, vielmehr hat er sein eigenes Ansparmodell gewählt. So hatte auch das Sparschwein aus seiner Kindheit eine späte Berufung erfahren. Eigentlich war es ein Spar*hase;* solide Keramik, weiß-braun bemalt, mit einem großen Schlitz zwischen den Löffeln. Für jede Fahrt erhielt der Hase einen Euro und zwar im Ganzen. Frank hasste es, Münzen unterschiedlicher Wertigkeit addieren zu müssen. Um nicht durch lästiges Herumsuchen Zeit zu verlieren, stand neben dem *Länderbank*-Hasen ein Olivenschiffchen aus ebenso massiver Keramik – ebenfalls weiß-braun bemalt –, das so, als Reservoir für Ein-Euro-Münzen, ebenfalls an Bedeutung gewann. Frank liebte Arrangements wie dieses, wenn ein Weltspartagsgeschenk einer längst verblichenen Bank und ein angesagtes Accessoire aus der *Ikea*-Family-Abteilung ihn bei der Verwaltung seines Mobilitätsbudgets unterstützten. Die letzte Jahresbilanz konnte sich sehen lassen. Neben dem einen leider unvermeidlichen »erhöhten Fahrentgelt«, wie die Wiener Linien euphemistisch ihre

Bußgelder nannten, konnte Frank zwei Zugfahrkarten nach Salzburg finanzieren.

Heute hatte er einen Termin bei der Personalchefin. Möglicherweise ging es um die weitere Anstellung. Grundsätzlich hielten ChefInnen sich immer bedeckt bei der Vorbereitung von MitarbeiterInnengesprächen. Das hatte Frank schon öfter amüsiert feststellen müssen. Es ging immer um »die weitere Entwicklung der Abteilung« oder um »Optimierung der Arbeitsabläufe«. Nie hatte er sich als Mitarbeiter auf solche Gespräche inhaltlich vorbereiten können. Ihm war es egal. Am Ende stand fast immer die Kündigung.

Es waren paradoxe Gespräche. Er spürte immer das schlechte Gewissen, das Leute hatten, die das Fünffache von jenen verdienten, denen sie sagen mussten, dass sie nicht weiter beschäftigt werden könnten. Und dann blickten sie aus dem Fenster und sagten, dass sie sich das Ganze nicht leicht gemacht und im gesamten Konzern nach Alternativarbeitsplätzen gesucht hätten …, aber die internationale Lage, und sicher werden Sie, Herr Smutny, bei Ihrer Qualifikation, leicht, sehr leicht wieder etwas Gleichwertiges finden, Sie haben ja keine Familie, und in Wien ist es viel besser als in London oder Hamburg; Sie glauben ja nicht, wie meine Kollegen aus Hamburg immer jammern, dagegen ist es ja bei uns …, sicher, es ist wenig tröstlich für Sie konkret, aber glauben Sie mir, es geht wieder aufwärts und wir haben ja Ihre Nummer, und in Ihrem Zeugnis steht nur das Beste; es muss ja da draußen niemand wissen, dass Sie kein Morgenmensch sind, wenn Sie wissen, was ich meine.

Frank verfolgte diese Monologe immer sehr distanziert, bemühte sich, ab und zu ganz leicht den Kopf hin und her zu wiegen; manchmal, wenn der Personalchef betonte, wie schwer er es selbst habe, sogar zu nicken und ansonsten ein würdevolles Mindestmaß an Betroffenheit an den Tag zu legen. Dabei dachte er schon viel mehr an Gerda, seine AMS-Betreuerin, die er bald wiedersehen würde. Die Betroffenheitsgestik war ausreichend, dass Frank, gekoppelt mit Geschichten über kaputte Waschmaschinen oder

Sonderausgaben für Zahnkronen, ein zusätzliches Monatsgehalt als Abfertigung erhielt.

Frau Schneider erwartete ihn bereits, bot ihm ein Glas Wasser an und fragte unvermittelt, noch bevor er sich richtig in den Ledersessel gesetzt hatte: »Na, wie gefällt es Ihnen bei uns, Herr Smutny?« Sie klang wie eine Hotelchefin, die exotische Gäste nach ihrem Wohlbefinden fragte, was Franks Misstrauen verstärkte. »Sie wissen ja, dass aufgrund der positiven expansiven Geschäftsentwicklung einige von Ihnen eine dauerhafte Beschäftigung erhalten können, und Ihre Abteilungsleiterin hat mir berichtet, dass Sie als besonders ambitionierter Mitarbeiter auffallen.«

Sosehr er sich auch bemühte, konnte er in der Stimme von Frau Schneider keine Ironie erkennen. »Danke.« – Erstaunlich, wie unerwartete Komplimente sprachverkürzend wirkten.

»Da Sie sehr sprachgewandt sind und auch bei schwierigen Fällen nie die Contenance verlieren, haben wir uns gedacht, wir könnten Sie in den nächsten zwei Wochen probeweise in der ›Platin-Abteilung‹ einsetzen. Aufgrund von Krankenständen haben wir dort Engpässe, und es besteht für Sie die Chance, fix dort zu bleiben. Was sagen Sie dazu, Herr Smutny?«

Frank dachte an Calla. Würde sie ihn dort auch anrufen können? Oder steckte *sie* vielleicht sogar hinter diesem Beförderungsplan, weil sie dort ungestörter reden konnten? Aber welche Rolle spielten die Abteilungsleiterin und diese Frau Schneider? – »Ich weiß, ehrlich gesagt nicht, ob *Call-Center*-Agent der richtige Beruf für mich ist, Frau Dr. Schneider«, sagte er und hoffte, über diese anmaßende Antwort irgendwelche Hinweise auf Calla zu erhalten.

»Ihre Aufrichtigkeit in Ehren, Herr Smutny, Sie erhalten 20 % Gehaltserhöhung, geregelte Arbeitszeiten und eine bessere Büroatmosphäre. Ich will bis morgen Mittag eine Entscheidung von Ihnen.« Frau Schneider erhob sich ansatzlos aus ihrem Sessel und streckte Frank die Hand entgegen. Er drückte sie kurz und wandte sich zur Tür. »Wir würden uns sehr freuen, wenn Sie unser Angebot annehmen.«

Frustriert stieg Frank die zwei Treppen hinunter in sein Office; Magda wies ihm Platz 11 zu und fragte ihn, ob er heute zwei Stunden länger bleiben könne, da sich zwei Kolleginnen kurzfristig krankgemeldet hätten. »Kann ich Nein sagen?« – »Eher nicht, mein Lieber.«

Er loggte sich auf 11 ein und rekapitulierte: Seit drei Wochen hing er jetzt hier herum, weil er dazu gezwungen wurde; seine distanzierte Haltung wurde ihm als Sprachgewandtheit gutgeschrieben; eine Beförderung sollte ihn arbeitssüchtig machen, und widerstandslos ließ er sich mittlerweile Überstunden aufschwatzen. Das alles, weil er mysteriöse Anrufe einer Frau bekam, die ihn wie einen Lehrling behandelte. Irgendwas lief gewaltig schief. Am Wochenende wollte er wieder mal rausfahren. An den Semmering. Höhenluft und Massenfreizeit. Da ließ sich gut über Verzwicktes nachdenken.

»Guten Tag, Sie sprechen mit Jean Améry, was kann ich für Sie tun?«

»Wie gefällt dir das Arbeiten?«

»Lass mich in Ruhe, ich hab jedenfalls nicht die Sucht, andere Leute telefonisch zu *stalken*!«

Calla lachte, nicht abfällig, eher ehrlich amüsiert. »Fühlst du dich von mir *gestalkt*? Oder stalkt dich die Arbeit selbst mit all den kleinen und großen hierarchischen Gesten?«

»Lass mich!«

»Ich werde dich jedenfalls nicht *stalken*, meine Zeit ist zu kostbar, und wenn du irgendwas vom Leben begriffen hast, dann siehst du, dass unsere Gespräche nicht das Problem, sondern Teil der Lösung des Problems sind. Es liegt nur an dir, es ist kein Spiel. Ich werde mich morgen melden und dir zu Beginn die Frage stellen: ›Fühlst du dich von mir *gestalkt*?‹ Deine Antwort ist dann ein für alle Mal gültig; sagst du Ja, wirst du nie mehr ein Wörtchen von mir hören, sagst du Nein, möchte ich dieses selbstmitleidige Geschwafel von *Stalking* nicht mehr hören. Alles ist einfach und klar, du allein entscheidest das, okay?«

»Nichts ist klar, warum rufst du mich hier an? Warum mich?

Und warum führst du mich wie einen Tanzbär an der Nase herum? Du lässt keine Grautöne zu; die Welt ist nicht schwarz-weiß, schon lange nicht mehr.«

»Weißt du, was dein Problem ist, mein Lieber? Du verwechselst Entscheidungsschwäche und Indifferenz mit feiner Differenziertheit. Es ist schon klug, ein Problem lange genug zu analysieren, aber irgendwann muss dann auch eine Entscheidung fallen. Die kann falsch sein, aber sie *muss* fallen. Und ob meine Gespräche für dich *Stalking* sind oder nicht, das kannst nur du entscheiden. Ein bisschen *Stalking* gibt es nicht. Und erwarte keine Antwort als die deine, wie Brecht es im Gedicht ›An den Schwankenden‹ schreibt. Ich muss jetzt, also bis morgen Mittag.«

Noch bevor er etwas erwidern konnte, hatte Calla aufgelegt. Frank starrte den Hörer an. Warum ließ er sich das gefallen? Eine Stimme im Stil einer gelangweilten K-Gruppen-Frau der 80er-Jahre verarschte ihn gewaltig, und er spielte einfach mit. Aber was WOLLTE sie? Was? Er meldete sich ab, schälte eine Mandarine, entfernte auch sorgfältig die kleinen weißen Fäden und brachte die Hälfte bei Magda vorbei.

»Danke, voll nett, bist ein Schatz.« Magdas US-amerikanisch anmutende oberflächliche Überfreundlichkeit reizte Frank. An diesem Lack wollte er mal kratzen … wenn er tatsächlich noch länger in diesem Laden abhängen würde.

»Die zwei Stunden gehen in Ordnung, ich muss für ein paar Minuten rauf in die IT, kannst du mich auf ›neutral‹ schalten, ohne dass das System mich auswirft?« Das Telefonsystem erfüllte neben der Arbeitsverteilung auch noch eine wirklich effiziente Überwachungsfunktion. Sobald eine Agentin aufgelegt hatte, kam der nächst Anruf herein; sobald auch nur ein Anrufer in der Warteschleife war, blinkte bei jedem Tisch zusätzlich ein Licht – eine Art optische Peitsche; und wenn man länger als 40 Sekunden nicht abhob, wurde der Anruf an einen anderen Platz weitergeleitet und man erhielt ein »Mal«. Meldete man sich ab, wurde das minutengenau von der Arbeitszeit abgezogen. Die Mittagspause dauerte 30

Minuten, war unbezahlt und *musste* genommen werden, sobald man einen Dienst hatte, der länger als 6 Stunden dauerte. Der Betriebsrat hatte dieser Betriebsvereinbarung zugestimmt – schon vor 2 Jahren – und diese Zustimmung damit begründet, dass damit die Videoüberwachung verhindert werden konnte und zusätzlich noch 5 Minuten Toilettenpause pro 3 Stunden Arbeitszeit ermöglicht wurden. »Wir mussten uns nach der Decke strecken«, stand in dem Brief des Betriebsratsvorsitzenden, der etwas angegilbt noch immer in der Kantine hing, und der mit dem verkümmert nach Kollektivität rufenden Zitat »Wenn wir uns gemeinsam nach der Decke strecken, können wir sie vielleicht ein wenig anheben« endete. Die Office-KoordinatorInnen, von denen Magda die netteste war, hatten darüber hinaus noch die Möglichkeit, einen Platz bis zu 15 Minuten auf »neutral« zu stellen; »für unvorhersehbare Aufgaben«, wie es in der Betriebsvereinbarung stand, und diese Neutralität hinterließ im System auch keine Spuren.

Ronnie war allein im Schaltraum der IT. Eigentlich durfte er ihn nicht mal reinlassen. Er öffnete Frank, ohne zu zögern, während er mit der Geschäftsführung telefonierte, wies Frank mit einer Handbewegung den Drehsessel neben ihm zu und hielt ihm ein halb volles Säckchen *Sportgummi* entgegen. Frank nahm zwei und steckte sie in den Mund – mehr aus Höflichkeit –, er wollte in kein Fettnäpfchen treten und die sozialen Codes der IT-Menschen waren höchst undurchschaubar.

»Bleiben Sie cool, Frau Schneider, wir haben noch alles hingekriegt.« Ronnie legte auf. »Probleme mit der GV?«

Frank hatte völlig vergessen, dass Ronnie kein Freund von ihm war, und er erst ein Mal mit ihm gesprochen hatte; seine Frage musste als peinlicher Anbiederungsversuch rüberkommen.

»Bist du nicht letztens neu motiviert worden?«

»Was?«

»Es gibt keine Probleme, es gibt nur Herausforderungen, das gilt auch für den Umgang mit der GV.« – Gehörte Ronnie auch zu ihnen? Ein *Rough Rider*, der sich mit einer Frauenbande verschworen hatte, um sich über ihn lustig zu machen? Oder war es gar eine *Reality-Show*, eine Art *Truman-Show light*, die im Sommer im Privatfernsehen als Serie zu sehen sein würde? Woher konnte er wissen, dass er beim Motivationstraining war?

»Jack hat von dir gesprochen. Er hat gemeint, du wärst der einzig normale Mensch hier in diesem Laden, außerhalb unseres Sub-Universums.«

»Jack?«

»Ja, Jack! Unser Junior. Er war mit dir auf Motivation. Seine Menschenbeschreibungen sind *terrific*, du bist doch der unentdeckte Autor?«

»Ah, Jakob! ... Ich bin Jean, also eigentlich Frank, darf ich dich wieder mal mit ein paar Fragen belästigen?« Frank nahm noch einmal zwei Sportgummis aus dem Säckchen, das ihm erneut entgegengestreckt wurde, ohne dass Ronnie seinen Blick von den 12 Monitoren löste, auf denen permanente Rechenoparationen angezeigt wurden und ab und zu Lichter aufblinkten. »Du hast gesagt, die Unterdrückten werden alle zu uns nach unten geschaltet. Angenommen, es ruft eine Unterdrückte an, kann die auch in den Platin-Laden geschaltet werden?« Vier Wochen war Frank jetzt in diesem Laden, und er konnte sich ohne Anstrengung in der Binnensprache dieser Binnenwelt unterhalten, ohne sich im Mindesten anstrengen zu müssen.

»Exakt, in den Platin-Laden kommen nur Leute mit *Special-Contract*. Alle, die besonders angenehm oder besonders unangenehm für *T-Mobile* sein können: Politiker, Rechtsanwälte, Polizei, Journalisten, Society-Leute, Investoren. Wenn sie bei uns eine Nummer haben und sich ihre Nummer in unserem System einwählt, werden sie automatisch hochgeschaltet.«

»Also keine Chance für eine Unterdrückte, nach oben zu kommen?«

»Es gibt natürlich Promis, die Geheimnummern bei uns haben, da haben wir eine Umwegschaltung eingerichtet. Die wählen nicht die allgemeine Hotline-Nummer, sondern eine stillgelegte Klappe in der GV, die automatisch in den Platin-Laden umgeleitet wird.«

»Kann man so einen VIP-Status auch kaufen?«

»Nein, und ich wüsste auch nicht, was einem dieser Schwachsinn bringen sollte: Ich bin VIP bei *T-Mobile*!!« Ronnie imitierte einen geschlechtslosen Society-Menschen, indem er beide Hände hochstreckte, mit den Fingern schnell in der Luft flatterte, und sich im Sessel hin und her drehte, um dann in schallendes Gelächter auszubrechen. Er quietschte mit seinem kleinen gelben Badeentchen, das am Nummernblock einer seiner drei Tastaturen ruhte.

»Was verfolgst du hier, Frank? Die heißeste Spur in Richtung Langeweile? Oder fühlst du dich verfolgt? Verlass diesen Kahn, solange noch Land in Sicht ist, sonst treibst du wie so viele lebenslang auf hoher See herum!« Ronnie quietschte dreimal mit seinem Entchen und beeinflusste den Rechenablauf, der am zweiten Monitor von rechts wie ein zäher Datenlavastrom von oben nach unten über den Bildschirm floss, durch eine beinahe virtuos angeschlagene Tastenkombination. Ob dies von großer Bedeutung war, traute sich Frank nicht zu fragen.

»Nene Ronnie, es ist profaner. Die Schneider hat mir angeboten, im Platin-Laden probezuarbeiten. Da will ich mich halt informieren, was mich alles erwartet. Was weißt du noch so über den Platin-Laden? Wie sind die KollegInnen drauf? Gibt's dort schon Dresscodes oder so Sachen?« Ein letztes Mal nahm er zwei Sportgummis aus dem ihm entgegengestreckten Päckchen und steckte sie in den Mund, ohne die Lippen wesentlich zu öffnen.

»Schau Frank, wir haben hier unsere eigene Welt. Wir kümmern uns nicht um euch da draußen. Ich kann dir nicht einmal sagen, wer dort so herumsitzt. Du sitzt halt direkt neben dem Büro der GV, musst die Herzikrapfis der Firma bedienen und beruhigen, und ab und zu wechselt vom Platin-Laden auch wer in die GV oder geht in eine andere Stadt. Manche schaffen aber auch den Absprung und merken, dass ihnen wichtige Jahre ihres Lebens zu billig abgekauft wurden. Namen und Gesichter haben die *Guys* für uns nicht wirklich, und über deren Klamotten kann ich mich auch nicht auslassen. Unser Kontakt zum Firmen-Mutterschiff ist die Dr. Schneider. Mehr brauchen wir nicht.«

»*Soll* ich es machen?«

Ronnie quietschte zweimal mit dem Entchen und war offensichtlich ein wenig gerührt ob der ihm zugesprochenen Beratungskompetenz. »Du hast was anderes verdient, Frank. Du gehörst nicht in diesen Laden. Aber aus den Erfahrungen der *Titanic* können wir lernen, dass man von den oberen Decks leichter flüchten kann als von den untersten.« Er besiegelte den letzten Satz mit einem einmaligen, möglichst langgezogenen *Quieeeetsch* mit der Ente. »Ich muss wieder was tun, bin ganz allein auf der Brücke. Baba, Frank.«

»Ciao, Ronnie – und danke für alles.«

Gegen acht machte Frank sich auf den Weg, steckte zwei Euro in seinen Sparhasen und nahm die U-Bahn bis »Johnstraße«. Irgendwie ist der Erfolgsdruck höher, wenn man zu Fuß geht, dachte Frank. Mit der U-Bahn hin, ein Weizen trinken und wieder mit der U-Bahn zurück. Gegen neun könnte er wieder zu Hause sein.

Um diese Zeit war die *Tomate* noch relativ leer; Isabelle begrüßte ihn, reichte ihm kommentarlos sein Weizenbier ohne Zitrone und wandte sich wieder anderen Gästen zu. Jedes Mal, wenn die Schwingtür aufging, rechnete Frank mit Bo, 15-mal wurde er an diesem Abend enttäuscht. Er legte vier Euro auf die Theke und verließ das Lokal grußlos. Was war los mit ihm? Zuerst die kuriose Abhängigkeit von einer wahrscheinlich hochintelligenten geistesgestörten Stalkerin in der Arbeit und jetzt die Vorstellung, einen britischen Touristen zufällig wieder zu treffen, mit dem er en passant ein Bierchen getrunken hatte. War das eine Form von Narzissmus oder ernste Alarmzeichen verschärfter Einsamkeit? Jedenfalls war es so, dass Frank seit über einem Jahr keine Menschen kennengelernt hatte, die er spannender fand als ihn selbst und jetzt gleichzeitig binnen einer Woche zwei. Ja, spannend waren sie, und wie!

Die U-Bahn Richtung Ottakring wurde laut Anzeigentafel erst in 11 Minuten erwartet, die Richtung Simmering in einer. Für

Frank ein eindeutiges Zeichen, noch ein Weizen in der *Blue Box* zu nehmen. Er gestand es sich nicht ganz zu, aber sein durchs Lokal schweifender Blick galt Bo, vergeblich.

Bevor er noch protestieren konnte, versenkte der Kellner die Zitronenscheibe in Franks Weizenbier; in mühevoller Kleinarbeit fischte dieser das Obststück mit dem unbenützten Mokkalöffel seines Thekennachbars wieder heraus. Das war mal einer der angesagtesten Läden Wiens gewesen; die Jungen und Schönen mit einem Hauch an Intellektualität gestalteten hier, cooler als es der Lust diente, ihre Konversationsübungen. Heute war es laut und stickig, die Gäste immer noch eine Spur blasser als der Durchschnitt; die laute Musik ließ die Gesprächsthemen der anderen nicht einmal erahnen.

Frank bezahlte, lief die Neubaugasse hinunter und trieb sich noch die Länge von zwei Zigaretten am Eingang des *Camera-Club* herum. Wenn Bo als Tourist Drogen suchte, würde er von wohlmeinenden PassantInnen hierhin geschickt werden. Bo sagte, er suche in Wien Abenteuer und Lösungen – was konnte das sein? Ein blöder Spruch, ohne viel Hintergrund, und dann dieser Machospruch zur Verabschiedung: »You will not find, me, I'll find you.« Frank fühlte sich wie ein verarschtes Groupie, stieg die Treppe zur U3 hinunter und fuhr im vordersten Waggon sitzend nach Hause. Es war einer mit einem «F«, und obwohl dies seinen Regeln widersprach, holte er seine Nagelfeile aus der Tasche und ritzte ohne viel Vorsicht ein »r« dazu. Bis »Johnstraße« war die Arbeit erledigt. Ob sie ihm bei den Wiener Verkehrsbetrieben bereits einen internen Fahndungsnamen gegeben hatten? Vielleicht der »F-ripper« oder der »Fripper«? Ob sie schon ein Täterprofil anfertigen hatten lassen? Er ließ sich schwer unter Vandalismus subsumieren, da er gezielt, treffsicher und sehr dosiert ans Werk ging. Ob sie nach den ersten »r«s schon rätselten, was als Nächstes kommen würde? Wahrscheinlich rechneten sie mit so was wie »free« und einem männlichen Häftlingsnamen oder einem besetzten Volk oder Staat hinterher, oder einfach »Freiheit«. Schade, dass er bei den Treffen, wo über seine

Motive und Pläne geredet wurde, nie dabei sein konnte. So wie die Feuerwehrleute, die selbst Brände legten, um sie dann genüsslich mit ihren KollegInnen gemeinsam bekämpfen zu können. Zu Hause trank Frank noch einen Getreidekaffee schwarz mit einem kleinen Tropfen Amaretto und fand einen ruhigen erholsamen Schlaf.

Die U-Bahn war ungewöhnlich voll am nächsten Morgen, eine Leistungsschau billiger Deodorants. Routiniert strebte Frank seinem Platz zu und war überrascht. Es war exakt derselbe Waggon, in dem er noch wenige Stunden zuvor ein »r« angebracht hatte. Vielleicht war es eine Falle? Hatten die Waste-Watcher jetzt eine *Taskforce U3* eingeführt? Er blickte sich um. Kaum jemand interessierte sich für die anderen. Einige hörten über Kopfhörer Musik, einige lasen miese Bücher; die meisten versuchten, noch Reste von Schlaf zu erleben. Hier war definitiv niemand, der plötzlich aufspringen würde, um ihm das ritzende Handwerk zu legen. Und die schönen alten silbernen Waggons waren auch noch nicht mit Videoüberwachung ausgestattet. Sehr liebevoll, mit ganz kleinen, runden Schabbewegungen ritzte Frank ein kleines »a« neben das kleine »r« und achtete drauf, dass es in etwa dieselbe Höhe hatte. Seine Technik war schon sehr ausgereift: Die Feile hatte er immer in der Außentasche seiner Jacke, die Gratis-Tageszeitung diente zur Sichtabdeckung und mit der rechten Hand arbeitete er so, dass sich diese oberhalb des Handgelenks kaum bewegte. Bei jedem Umblättern konnte er einen flüchtig prüfenden Blick auf sein Werk werfen. Es gelang ausgezeichnet; voll motiviert verließ Frank in der Station »Erdberg« die U-Bahn.

Der Weg zum *T-Mobile*-Office war gesäumt von hartnäckig überflüssigen Verkaufskojen. Schlüsselladen, *Burger King*, Souvenirshop, Handyladen, Telefonbetreiber, Restplatzbörse, Trafik und Bonbongeschäft lautete die Startreihenfolge im Wettbewerb der Hässlichkeit und Langeweile. Und das an einem Ort, der von StararchitektInnen und Stadtplan'erInnen zu einem neuen urbanen Zentrum für die Hippen und Schönen ausgerufen worden war.

Nicht mal einen ordentlichen Espresso mit Croissant würde man hier morgens kriegen, falls man die triste Atmosphäre aushalten konnte. Im Strom der Eilenden dauerte es allerdings keine fünf Minuten, um von der U-Bahn bis ins Office des neuen *T-Mobile-Call-Centers* zu gelangen. Hierhin war man nicht gezogen, weil man den Hippen und Schönen hochwertige Arbeitsplätze verschaffen wollte, wie es in einem firmeninternen Memo von *T-Mobile* sinngemäß zu lesen war, sondern weil die zwei Etagen seit über einem Jahr leer standen und wahrscheinlich mit allerhand öffentlichen Fördergeldern extrem günstig zu haben waren.

Frank hatte Magda ein Rubbellos als Geschenk mitgebracht. Eine Erkenntnis aus seinen früheren kurzfristigen Arbeitsepisoden war, dass es ratsam ist und vieles erleichtert, wenn man mit jenen ein gutes Auskommen findet, die sich an den Schnittstellen zwischen Arbeit und Umwelt befinden. Sie freute sich riesig, zumal es keinen Anlass dafür gab, sie zu beschenken. »Eine kleine Starthilfe in die Woche für dich, und, wer weiß, vielleicht in ein anderes Leben?« Er mochte sich eigentlich nicht so reden hören, aber es kostete andererseits keine Mühe. »Du bist ein Schatz, Platz 23, oder zieht es dort vielleicht auch?« Schon neckte sie ihn und er resümierte zufrieden, dass der Euro für das Brieflos wirklich gut investiert war. Platz 23 war fast so etwas wie eine improvisierte Einzelkoje. Hinter einer Säule, eingesäumt von zwei riesigen Philodendrons, und einem Blick in den Hof, während man telefonierte, galt dieser Platz als der Luxusplatz für die ganz unten Beschäftigten. Frank kam erst das zweite Mal hier zu sitzen.

Er setzte sich das Headset auf, drehte die Lautstärke zurück und loggte sich ein. Jede und jeder hatten einen eigenen Code; das System dankte es ihm damit, dass die Startseite mit »Schönen Tag, Jean Améry!« aufging. Dazu wurde am Bildschirm ein kleines lautloses Feuerwerk abgeschossen. Wenige Sekunden danach öffnete sich die zweite Seite, auf der das Firmenlogo wie ein ewiger Bumerang durch den virtuellen Bildraum flitzte. Fast jedes Mal poppte dann rechts oben ein Rechteck auf, der SUPERVISORCORNER, in dem »Service-Level niedrig« stand. Eine kleine Peitsche für alle, die sagen sollte, dass die Zahl der in der Warteschleife hängenden AnruferInnen zu hoch war. Gleichzeitig wurde allen verdeutlicht, dass ihre Arbeit jederzeit transparent beobachtet werden konnte – und wurde. Für Frank stellten derartige textliche Interventionen nie eine Bedrohung dar, der Subtext dieses Corners sagt ja gleichzeitig laut und deutlich: »Hallo, wie fast täglich haben wir auch heute zu wenige Leute beschäftigt, um unseren Aufgaben nachkommen zu können, helft uns, durch unbezahlte Mehrarbeit das Ziel trotzdem zu erreichen.« Eigentlich eine kühne Offenheit von oben, die irgendwann auch die loyalste Mitarbeiterin begreifen würde.

»Guten Tag, Sie sprechen mit Jean Améry, was kann ich für Sie tun?« – »Na endlich!« – »Schön, dass Sie anrufen, Herr Ragner, womit kann ich Ihnen dienen?«

Das war es wohl, was Doc Schneider mit Sprachgewandtheit gemeint hatte; eine Art arrogante Unterwürfigkeit, die viele AnruferInnen zufriedenstellte und manche, meistens die »Mitläufer«, wie sie hier genannt wurden, zur Rage brachte. »Mitläufer« waren Leute, die schon lange KundInnen waren, extrem niedrige Rechnungsbeträge hatten, diese pünktlich bezahlten, durch ihre übermäßigen Anrufe im *Call-Center* aber eigentlich höhere Kosten verursachten. In den Kategorien Blei, Silber, Gold und Platin waren sie auf Silber mit einem kleinen Zipfelmützchen auf dem Kreis. Diese KundInnen wurden zwar nie gekündigt, es wurde den Agents aber signalisiert, dass niemand böse war, wenn eine oder einer von denen seinen Vertrag auflöste. »Mitläufer« waren Franks absolute LieblingsgesprächspartnerInnen, und Herr Ragner war ein Traumexemplar eines Mitläufers.

»Reden S' ned so geschwollen daher, schaun Sie, ich hab da noch ein paar Mäxchen von früher gefunden, von einer alten Rechnung, und da kriegt man ja was dafür, wenn man die einschickt, oder?«

»Herr Ragner, die Mäxchen-Aktionen sind allesamt 2005 eingestellt worden, ich muss Sie enttäuschen, es gibt leider keine Eintauschmöglichkeiten mehr, so leid es mir tut.«

»Seien S' ned so arrogant, geben S' mir halt 100 Freiminuten und die Sache ist erledigt.«

»Herr Ragner, ich enttäusche Sie nur ungern ...«

»Ich bin seit zehn Jahren bei Ihnen, früher die Fräulein waren noch höflich, aber jetzt sind immer mehr Studenten wie Sie, und alle unfähig, wenn Sie mir jetzt nichts geben für meine Treue, dann sind wir, bei aller Liebe, geschiedene Leute.«

»Herr Ragner, ich möchte Sie höflichst darauf hinweisen, dass Sie seit 11 Jahren mit einer Nummer von uns telefonieren; dass Sie dabei insgesamt nur sieben verschiedene Nummern gewählt haben, dass die Nummer unserer Hotline dabei an dritter Stelle nach der Ihrer Frau und Ihres Sohnes liegt, dass Sie nur im Jänner 2001 einen Rechnungsbetrag höher als 8 Euro hatten, der ihnen dann wieder refundiert wurde, da Sie unserem Beschwerdemanagement glaubhaft machen konnten, dass Sie die Sexhotline mehrfach irrtümlich angerufen haben. Sie waren sich auch nicht zu blöd, uns zur Untermauerung der Irrtumsthese ein ärztliches Attest ihres Urologen mitzuschicken, das bescheinigte, dass Sie zumindest damals impotent waren. Das alles habe ich hier auf meinem Bildschirm und wenn Sie meine ganz persönliche unbedeutende Meinung hören wollen ...«

»Sie haben keine persönliche Meinung zu haben, Sie Nichts! Ich werde mich beschweren, unerhört! Wie war Ihr Name?«

»Jean Améry, mein Herr, stets der Ihre, schönen Tag noch.« Frank legte auf. Er fühlte sich richtig gut heute. Im Nachbereitungsformular ergänzte er noch bei den Bemerkungen: »Kündigung akzeptieren!« Erstaunlich, wie oft er ohne zögern »wir« und »uns« in dem Gespräch verwendete; wahrscheinlich war die *Corporate Identity* wirklich eine schleichende Droge; es war ja auch tatsächlich leichter auszuhalten, wenn man sich in seinem Sessel drehte, die anderen dabei beobachtete, dasselbe zu tun – sich als einer von ihnen fühlte und insgesamt als Teil eines größeren Ganzen.

Vielleicht sollte er doch mit KollegInnen in Kontakt treten, auch wenn es in drei Wochen wieder vorbei sein sollte.

»Guten Tag, Sie sprechen mit Jean Améry, was kann ich für Sie tun?«

»Guten Tag, junger Mann, bitte können Sie versuchen, meine Tochter anzurufen; wenn ich sie anrufe, hebt sie nicht ab, und wenn Sie anrufen, glaubt sie vielleicht, sie hat was falsch gemacht oder was gewonnen und hebt ab, und dann sagen Sie ihr bitte, dass sie ihre Mutter anrufen soll, wäre Ihnen das möglich?«

Das wäre vielleicht eine schöne Beschäftigung. Eine Hotline für ALLES, ein Nonprofit-*Call-Center*, wo all die kleinen absurden Wünsche erfüllt würden, wo sich niemand beschweren kann, weil nichts versprochen wird, ein virtueller Ort für ein angenehmes Gespräch.

»Frau Nöster, ich bin untröstlich, aber Sie werden es nicht glauben, wir haben hier über fünfzig Telefone, können aber nicht anrufen – wir können nur angerufen werden.« Frank meinte das nicht zynisch, die Frau war ihm umarmenswert sympathisch – der Stimme nach zu schließen zwischen siebzig und neunzig Jahre alt –, er wollte eine Erklärung geben, die klarmachte, dass ihr Anliegen nicht verwerflich war, er aber ihren Wunsch nicht erfüllen konnte. »Ich hab aber einen Vorschlag, welches Handy benutzen Sie denn, Gnädigste?«

Die Anruferin nannte den Namen des Handyproduzenten und er erklärte ihr, mit welcher Tastenkombination sie es anstellen konnte, dass bei ihren Anrufen ihre Nummer nicht mitgesendet wurde. Sie bedankte sich überschwänglich und meinte noch, dass Frank eine wunderbare Stimme habe, aus der er was machen könnte; sie war Musiklehrerin und wisse, wovon sie spreche.

»Danke, Gnädigste, es war mir ein Vergnügen, Ihnen helfen zu können und wenn ich Ihnen einen Rat geben darf, sprechen Sie mit Ihrer Tochter genauso freudvoll wie mit mir, dann bin ich mir sicher, dass sie jedes Mal, wenn es ihre Zeit erlaubt, abheben wird.«

Auf die einfachen zwischenmenschlichen Reaktionen heruntergebrochene Seelsorge ohne transzendentale Überladung tat richtig gut. Frank zog sein Taschenmesser heraus, viertelte einen vorsorglich bereits zu Hause gewaschenen Apfel und legte die Spalten vor sich auf den Tisch. Nach jedem weiteren positiven Gespräch würde er eine davon essen, mit dem ehrgeizigen Ziel, keine davon auch nur ansatzweise braun werden zu lassen. Nach einer Stunde hatte er 29 Gespräche absolviert, keines davon hinterließ schlechte Gefühle. Vielleicht lag es an diesem Luxusplatz, aber heute war ein richtig guter Tag und wie zur Bestätigung wechselte nach 1 ½ Stunden die Supervisorinfo von »Servicelevel niedrig« auf »Servicelevel normal«. Er suchte im Intranet die Adresse von Doc Schneider, wie die IT-Menschen die Geschäftsführerin nannten und schickte ihr eine kurze Mail: »Sehr geehrte Frau Dr. Schneider, ich hab mich nach reiflicher Überlegung dazu entschlossen, Ihr Angebot anzunehmen und danke Ihnen für das in mich gesetzte Vertrauen, das ich nicht enttäuschen werde. Bitte benachrichtigen Sie mich über die weiteren Schritte. Lg, Frank Smutny«.

Er erwartete, in den nächsten Minuten nach oben gerufen zu werden und wollte von seiner guten Laune weiterhin profitieren. Stattdessen erhielt er eine Out-of-Office-Autoreply, Doc Schneider war die nächsten drei Tage nicht erreichbar. Hatte sie das gestern noch nicht gewusst? Vielleicht würde sich ja ihre Vertreterin melden, zwanzig Minuten hätte sie Zeit bis zu Franks Dienstschluss.

»Guten Tag, Sie sprechen mit Jean Améry, was kann ich für Sie tun?«

»Hallo Frank, fühlst du dich von mir gestalkt, mein Lieber?«

Er hatte schon vergessen, dass er ihr das vorgeworfen hatte, Calla nahm irgendwie alles zu genau. »Nein, passt schon und heute hast du ja sogar gegrüßt.« Frank lachte.

»Dann will ich den Stalking-Quatsch nicht mehr hören, ein für alle Mal, ist das okay?«

»Ja ja, I love you, honey!«

»Komm wieder runter, Kleiner, so machen unsere Gespräche keinen Sinn, ich melde mich morgen. Schönen Tag noch!«

»Ne, bleib noch, heute ist ein guter Tag zum Telefonieren, ich hab einen wunderbaren Platz mit Aussicht, der Drehsessel quietscht nicht, der Servicelevel ist auf ›normal‹ und ich geh in 20 Minuten nach Hause, was machst du heute noch?«

»Man gibt dir Platz 23 und schon bist du auf dem Weg zu einem wertvollen Mitglied der Gesellschaft. Bravo, Bravo, Bravo.« Dabei klatschte sie mit viel zu großem zeitlichen Abstand in die Hände, ein Klatschen, wie es nur selbstverliebte RegisseurInnen haben, die nach einer Probenszene langsam auf die Bühne gehen, um zu signalisieren, dass alles im Großen und Ganzen gut war; ohne Enthusiasmus und in Vorbereitung detaillierter Kritik. Woher wusste sie das mit der 23? Egal. »Gehst du mit mir in ein Konzert?«

»Es gibt kein ›wir‹ außerhalb dieses *Call-Center*s, warum glaubst du immer noch, das ändern zu können?«

»Weil fast alles geändert werden kann, wenn sich Haltungen ändern.«

»Dann ändere deine Haltung so oft du willst, und du wirst sehen, es ändert gar nichts.«

»Willst du Telefonsex?« Die Leitung war still. Sicher zwei Sekunden lang. Frank wollte sich entschuldigen.

»Wir hören uns morgen.« Calla legte auf.

Er hatte es wieder einmal versaut. Noch drei Minuten bis Dienstschluss, Frank holte sich noch eine Anruferin rein. »Guten Tag, Sie sprechen mit Jean Améry, was kann ich für Sie tun?«

»Ich will nicht mehr angerufen werden, nie wieder, können Sie mein Handy auf permanent besetzt schalten?«

»Wollen Sie kündigen, Frau Loos?«

»Nein, ich will, dass die anderen mitkriegen, dass ich immer besetzt bin, keine Mailbox, kein Begrüßungstext, immer tü-tü-tü …«

»Ich glaube nicht, dass das technisch möglich ist, meine Dame, aber, mit Verlaub, warum wollen Sie das?

»Mit Verlaub, junger Mann, das geht Sie nichts an.« Die Anruferin legte auf.

Schade, dass er ausgerechnet heute einen kurzen Dienst vereinbart hatte, heute, wo alles so gut lief, und er auf der 23 arbeiten durfte. Er verabschiedete sich von Magda und meinte noch: »Wow, die 23 und ich könnten uns echt anfreunden, kannst du uns ein bissi verkuppeln?« Frank zwinkerte ihr zu, nicht anstößig, nicht schlüpfrig, sondern offen fröhlich und ausgelassen.

»Ich schau, was sich machen lässt, tschüssi, baba!«

Um 14 Uhr verließ Frank die Office (manche seiner KollegInnen sagten auch den Office), Er wollte seine gute Laune nutzen und längst geplanten Unfug umsetzen. Am Abend wollte er der Tomate noch eine Chance geben. Bo ging ihm nicht aus dem Sinn. Ihn wiederzutreffen wäre toll und er sah keine günstigere Chance als dort, wo sie das erste Mal gewesen waren. Da noch viel Zeit blieb und er keine Lust hatte, wieder den ganzen Nachmittag in Chatforen in fremde Identitäten zu schlüpfen, entschied er, noch einen kleinen politischen Akt zu setzen. Von der Lektüre des Online-Standard wusste er, dass es im ehrwürdigen *Café Prückel* homosexuellen Paaren untersagt war, sich zu küssen. Die Geschäftsführerin und der Oberkellner, Herr Franz, wurden zitiert. Es würde der Tradition Wiener Kaffeehäuser widersprechen und jeder dürfe machen, was er wolle, sie hätten nichts gegen Homosexuelle, aber sie müßten sich ja nicht ausgerechnet im *Prückel* küssen. Im angeschlossenen Forum der Onlinezeitung gab es wie bei jedem Thema tippende Heckenschützen, die mehrheitlich dumpf und rechts den unschuldig ausgetauschten Zärtlichkeiten von Schwulen und Lesben sogar die Schuld an der niederen Geburtenrate und damit am Untergang des Abendlandes gaben. Einige fortschrittliche Gruppen hingegen riefen dazu auf, ein »Kiss-In« im *Prückel* zu veranstalten. Ein konkreter Termin wurde auch schon genannt. Frank waren kollektive performative Aktionen peinlich, er fühlte sich schon bei dem Gedanken unwohl. Selbst wenn er nur als wohlmeinender Zuseher dort wäre, würde er Fremdscham entwickeln. Auch wusste er nicht, ob er einen Mann küssen wollte, und schon gar nicht, welchen. Seinen individuellen Akt hatte er zwei Wochen geplant, jetzt passte es perfekt.

Noch immer bestens gelaunt verließ er die U3 bei »Stubentor« und betrat das *Prückel.* Wie alle anderen schweifte er mit den Blicken durchs ganze Lokal, als suche er jemand und ließ sich dann an einem der kleinen freien Tische nahe dem Eingang nieder, an dem unübersehbar Herr Franz seinen Dienst versah. Er bestellte einen »applestrudel with whipped cream« und blätterte in der Schmalspurvariante der *NewYork Times*, die einmal wöchentlich dem *Standard* beigelegt wurde. Kaum jemand getraute sich im *Prückel* in der *Kronen Zeitung* zu blättern, viele nahmen *Die Presse* zur Hand; kaum jemand las wirklich darin, aber sollte zufällig eine Bekannte vorbeikommen, machte es ein besseres Bild.

Als der adrett livrierte Mann ihm mit einem professionellen Lächeln den Apfelstrudel servierte, deutete Frank ihm mit einer Handbewegung an, sich vertrauensvoll zu ihm hinunterzubeugen, was dieser auch tat. »Wanna kiss me?«, flüsterte Frank ihm mit gespielter Lüsternheit ins Ohr. Der Oberkellner verstand ihn wohl, gab Frank aber sehr professionell die Möglichkeit, seine Wortmeldung als Missverständnis zurückzunehmen. »Beg your pardon, Mister?« Frank wiederholte seine Frage in derselben Lautstärke und im selben Tonfall. Herr Franz entfernte sich, ohne dass von den anderen GästInnen jemand von dem Gespräch Notiz nehmen konnte.

Frank genoss seinen Apfelstrudel in ganz kleinen Stücken und beobachtete die GästInnen an den angrenzenden Tischen. Viele wählten das *Prückel* als quasi neutralen Ort, um alte Bekannte wiederzutreffen, denen man nicht zu nahe sein wollte; TouristInnen frequentierten das ehrwürdige alte Wiener Café, weil sie damit einen weiteren Tipp aus ihren Reiseführern abarbeiten konnten; und manchen gebot es wohl ihre gesellschaftliche Stellung, sich mindestens einmal wöchentlich dort sehen zu lassen. Es dauerte fast eine Viertelstunde, bis die Geschäftsführerin, eine Kommerzialrätin und hohe Wirtschaftskammerfunktionärin, an Franks Tisch erschien. Er sah sie im Augenwinkel schon lange, der Weg von der Kuchentheke bis zu seinem Tisch war gut und gerne 20 Meter lang, und obwohl sie im Gehen regelmäßig die Menschen an den Tischen maskenhaft anlächelte, war klar, dass all ihre geschäftsführende Energie sie direkt zu seinem Tisch zog.

Sie baute sich vor ihm auf und sagte in beißend freundlicher Feindseligkeit: »Hallo Mister, we don't want to have any problems here in se kaffee.« Kein Wunder, dass manche Parteien in Wien immer alles auf Deutsch haben wollen, wenn selbst hohe FunktionärInnen ein derartig bemitleidenswertes Englisch sprechen, dachte Frank und wollte das Ganze gerne noch einmal hören. »I beg your pardon?« »You know exact, what I mean, so please go away!« Ihr war klar, dass dies keine korrekte sprachliche Formulierung war, durch ihre zur Tür hinweisenden Handbewegungen verfolgten auch manch andere Gäste das peinliche Schauspiel. Einen kleinen Bissen gönnte sich Frank noch, dann stand er langsam auf, deutete pantomimisch die Bewegung eines Hutziehens an und verließ in würdevoller Langsamkeit das Lokal. Seine kleine Mission war gelungen, der Apfelstrudel auch.

Die Sache mit Bo ging Frank nicht aus dem Kopf, was interessierte ihn an diesem Mann eigentlich? Seine Coolness, seine Souveränität, sein Aussehen? Abends wollte nach er Tomate zu einem Konzert ins *Rhiz*: »First Fatal Kiss«, eine queer-feministische Band, die minimalistischen Indierock mit Keyboard, deutschsprachigen Texten und 80er-Jahre-Wave-Affinität zum Besten gab, wie es im Ankündigungsfolder stand. Vielleicht eine Möglichkeit, normale Menschen kennenzulernen. Er hatte schon lange keine Beziehung und noch länger keine guten FreundInnen gehabt. Manchmal fühlte er sich einsam, auch wenn er sein Leben gut eingerichtet hatte. Frank wollte das Konzert dazu nützen, mal wieder initiativ zu werden und nicht Typen wie Bo nachzuhecheln.

»First Fatal Kiss« präsentierten eine CD, ihre gesamte Fangemeinde war versammelt, alle mochten sich irgendwie und die drei auf der Bühne strahlten mehr als Bandgemeinschaft aus. Irgendwas hatte Frank in den letzten Jahren versäumt, er blickte in die Runde, fixierte Gesichter, die ihn interessierten, und fand, dass niemand so einsam wirkte, wie er selbst sich fühlte. Die eine Frau vielleicht, die an der Bar lehnte und so tat, als müsse sie eine dringende SMS verschicken, ohne jemals auf »send« zu drücken. Und der Typ unmittelbar beim Eingang, der die Toilettentür fixierte.

Die Musik war sensationell, die Stimmung fantastisch und Frank hatte erstmals seit Jahren wieder Sehnsucht, irgendwo dazuzugehören. Die Community war offen, aber nicht offen genug, dass er hier jemand Spannenden kennenlernen konnte. Nach der Zugabenummer mischten sich die Musikerinnen wie selbstverständlich unter ihr Publikum. Die Wiener DJ-Nachwuchshoffnung *Sissi Boy* verlängerte gekonnt die tanzbare Nacht. Frank bestellte noch ein kleines Bier und machte wieder einen kleinen schweifenden Rundblick. Das Handy der Frau an der Bar machte »piep-piep«, Frank freute sich mit ihr; sie las die SMS und warf das Handy in die Ecke des Raums. Er betrachtete sie: wahrscheinlich Mitte zwanzig, blonde kurze Haare, enge Jeans, Pullover und Lederjacke, eine *Freitag*-Tasche umgehängt. Sie hatte ihren Kopf in den letzten zwei Stunden kaum gehoben. Er konnte zwar ihr Gesicht sehen, hatte aber keine Vorstellung, wie ein Blick von ihr wirken würde.

Frank trank sein Bier aus, ging in die Ecke, holte die drei Teile ihres Handys, steckte es, so gut es ging, wieder zusammen und legte es vor ihr auf die Bar. »Versuchs noch mal.« – Sie blickte auf, wirkte sehr erschöpft, ihr Blick war weder neugierig noch abweisend. Frank berührte mit seinem Zeigefinger ganz leicht den ihren und wiederholte. »Versuchs noch mal. Ich muss los, ciao!« Er hoffte, dass sie ihm nachblicken würde, drehte sich aber nicht um, um es zu überprüfen.

Er schaute noch ins *Carina* hinein, ins *Chelsea* und in zwei weitere Gürtellokale, die er nicht einmal namentlich wahrnahm. Keine Spur von Bo und keine Spur von Nähe, warum auch. Auch nichts in der *Blue Box*, nicht im *Europa*. Es war bereits Mitternacht, Frank ging zur U3-Station »Neubaugasse« und wartete auf seinen Wagen; eine halbe Stunde hatte er noch bis zur letzten U-Bahn, zum Abschluss ein Weizen in der *Tomate*. Ein einfältiger Plan, aber zumindest ein Plan.

Isabelle begrüßte ihn freudig. »Hey guy, dein amerikanischer

Freund war da, hat nach dir gefragt, aber niemand kennt deine Nummer.« Die anderen an der Bar lachten, Werner prostete ihm zu. Frank konnte es nicht fassen, all die Mühe, all die langweiligen Lokale und inzwischen hing Bo hier herum. »Hat er was hinterlassen?«

»Nicht wirklich.« Isabelle reichte ihm mit einem bedauernden Blick sein Weizen. »Einen Fernet dazu?«

»Deine Menschenkenntnis möchte ich haben«, spöttelte er und deutete ihr ein Ja. »Hier ist meine Nummer und meine E-Mail – falls in den nächsten Jahren wieder mal wer nach mir fragt.« Werner lachte dreckig, und Isabelle steckte die Nummer in ihre KellnerInnenbrieftasche. »Isa, zahlen bitte! Und wenn *du* mal Lust hast, kannst mich auch anrufen.« Eine Affäre mit Isabelle wäre nicht schlecht fürs Selbstvertrauen, aber verlieben würde er sich sicher nicht in sie. Würde er sich jemals wieder verlieben?

Zu Hause schaltete er noch kurz den Computer ein. Die Hoffnung, eine E-Mail von Bo erhalten zu haben, war albern; er lächelte über sich selbst. Bei *chatseite.at* stieg er als »bellawien« ein, wartete etwa fünf Minuten und stieg dann wieder aus, da der Einzige, der sich gemeldet hatte, »ehemann_su_ju-w« war und die Kommunikation mit ihm nichts Aufregendes erwarten ließ.

9

Es war wieder einmal ein leerer Waggon. An der Stelle, wo Frank sein »F« ritzen wollte, war mit rotem Filzstift gemalt: »In Zeiten der Not ist der Mittelweg der sichere Tod.« Der Spruch rechtfertigte, dass Frank an diesem Tag kein »F« ritzte. Die Alternative wäre gewesen, es um mindestens 20 cm nach rechts oder nach unten zu versetzen, dies schien Frank aber eine schlechte Lösung; es würde unsauber wirken, so als wolle er sich selbstdarstellerisch wichtig machen, ohne formale Kriterien einzuhalten.

Magda freute sich richtig, Frank zu sehen. »Weißt du, was ich für dich hab?« Sie wartete die Antwort gar nicht ab: »Die 23.«

»Wow, bist ein Schatz!« Er warf ihr eine Kusshand zu, schlenderte wie ein Superstar zu seiner Luxuskoje, setzte sein Headset auf und loggte sich, ein paar Töne der *Marseillaise* pfeifend, ein.

»Hallo, Sie sprechen mit Jean Améry, was kann ich für Sie tun?«

»Wie war dein Abend gestern?«

»Great, aber was kümmert dich das, du bist doch nur tagsüber an mir interessiert?« Heute fühlte Frank sich beinahe ebenbürtig, Calla wirkte irgendwie nicht ganz so souverän wie sonst. »Lass mich ein wenig Quote machen, wir können später reden, okay? «

»Ich kann später nicht, bleib.«

Frank legte auf. »Guten Tag, Sie sprechen …«

»10 Minuten, okay? Morgen bin ich weg und du hörst von mir erst wieder dienstags.« Calla zweifelte offensichtlich keinen Moment daran, dass er ihr zuhören wollte. »Fühlst du dich wohl in deinem Arbeitslager?«

»He, nur weil ich das Weihnachtsgeschenk des MINISTERS bin, ist es noch lange kein Lager!«

»Machst du freiwillig den Telefonagenten, Jean?«

»Natürlich nicht! Aber Lager, das ist Terror, Vernichtung, Tod.«

»Ach, du bist niedlich. Wer, glaubst du, hat dir immer wieder dieselben Lagergeschichten erzählt, die du im Kopf hast? Genau diejenigen, die die Gesellschaft als postmodernes offenes Lager führen. Wächter gibt's nur noch im äußersten Notfall, die meiste Zeit erledigen die Lagerinsassen die Selbstüberwachung perfekt.«

»Das Schlimmste, was mir passieren kann, ist der Entzug der Arbeitslosenunterstützung, und nicht Folter und Mord, das ist wohl mehr als ein feiner Unterschied.«

»Und dann verlierst du die Wohnung, deine Freunde, und wenn du im Mist Lebensmittel suchst, wirst du beobachtet, und die Wiener Linien warnen vor dir, einem organisierten Bettler. Die Gesellschaft erwartet von dir dann Selbstmord auf Raten oder sofort.«

»Warum bist du heute so krass und undifferenziert?«

»Weil es um große Kategorien geht und gerade Leute wie du nicht zuhören. Und sich alles gefallen lassen, auch wenn sie glauben, sowieso drüberzustehen oder zumindest draußen.«

»Wen meinst du mit Leuten ›wie ich‹?«

»Naja, die Superklugen, die es geschafft haben, sich mit der Arbeitsgesellschaft des modernen Kapitalismus zu arrangieren, die einzeln für sich einen Weg gesucht und gefunden haben, sich durchzulavieren; sich nicht organisieren, weil ihnen das zu mühsam ist. Ihr seid das Füllmaterial in der Verpackung des Hightech-Kapitalismus; der durchsichtige kleinteilige Plastikpolster, der verhindert, dass das Gerät beim Transport beschädigt wird. Manchmal poppt man zwei oder drei Teilchen beim Auspacken auf, aber eigentlich landet das alles am Müll. Ihr seid historischer Müll! Und du bist noch nicht alt genug, dass du nichts mehr daran ändern könntest.«

»Danke für die Belehrung!« Frank legte auf. Calla kam ihm heute albern vor, gereizt und nicht so souverän. Vielleicht hatten ihre Anrufe doch irgendeine hintergründigere Bedeutung und sie entwickelten sich nicht so, wie Calla es erwartet hatte. Vielleicht hatte sogar sie Quoten zu erfüllen, wie Gerda, nur in einer anderen Branche, die Frank noch verborgen geblieben war.

»Guten Tag, Sie sprechen mit Jean Améry, was kann ich für Sie tun?«

»Lass uns eines klarstellen, ich will dich nicht manipulieren, nur das in dir wecken, was du längst begriffen hast. Es ist mir egal, ob du das als Lager empfindest, das sind politikwissenschaftliche Spitzfindigkeiten. Also kein Lager, gegessen.«

Das erste Mal hatte Frank das Gefühl, bei Calla gepunktet zu haben. Es war ihm nicht wichtig, recht zu bekommen, aber er hatte den Eindruck, Calla gab nach, weil *er* ihr wichtig war. »Okay, aber was willst du jetzt damit sagen, dass Leute wie ich daran schuld sind, dass die Verhältnisse so sind wie sie sind?«

»Weil du alle Infos hast, die du brauchst, um die Verhältnisse zu begreifen, und weil du sie auch begreifst. Du lehnst die Verhältnisse ab, ohne was dagegen zu tun, das unterscheidet dich von denen, die den Durchblick *nicht* haben.«

»Was tust du denn groß dagegen?«

»Allein, dass ich dich motivieren mag, ist schon ein Beweis dafür – den Rest musst du nicht wissen.«

»Motivieren wozu?«

»Zuerst eins und eins zusammenzuzählen und dann zu sehen, was jetzt schon alles passiert.«

»Kannst du mir ein Beispiel geben?«

»Du liest doch Tageszeitungen, oder?

»Online, und wenn sie gratis sind.«

»In den letzten Tagen war zu lesen, dass es einen Brand in einem Haus in Wien-Favoriten gab und wenige Tage später, dass ein 17-jähriger Lehrling erstochen wurde, der sein Handy verloren hatte und zu Wirtshausraufereien neigte. Diese beiden Ereignisse haben eine direkte Verbindung, über die weder die Presse noch die Polizei jemals berichten werden, weil es nicht opportun in das Bild der Gesellschaft passt. Denk drüber nach, lies nach und sag mir, auf welche Schlussfolgerungen du kommst.«

Frank fand das spannend; erstmals hatte er das Gefühl, ein wenig in Callas Leben Einblick nehmen zu können. »Ich werde darüber nachdenken.«

»Lies vor allem das, was *nicht* geschrieben wurde. Ich ruf dich am Dienstag wieder an. Ciao, schönes Wochenende.«

»Ciao, bis bald!« Frank war stolz, jetzt war er mit Calla fast auf einer Ebene. Er loggte sich aus und schlenderte in die Kantine. Zu seinem Espresso mit Milch extra bestellte er sich einen Mohnstrudel, »hausgemacht von meiner Tochter«, wie Herr Robert nicht vergaß zu betonen. Frank stellte sich an einen der Stehtische, wo bereits ein Kollege und eine Kollegin standen.

»Kriegt ihr auch manchmal absurde Anrufe?«

Die Frau war etwa Mitte zwanzig, eine Studentin, die seit zwei Jahren Agentin bei *T-Mobile* war, aber höchstens 25 Stunden wöchentlich, wie sie betonte; der Kollege, etwa gleich alt, und früher ein Studienkollege von ihr, hatte das Studium abgebrochen und arbeitete seit zwei Jahren in Vollzeit, seit drei Monaten im Platin-Laden.

»Klar, das musst du einfach ignorieren«, meinte sie, »nach einem halben Jahr merkst du gar keinen Unterschied mehr zwischen sinnvollen und sinnlosen Anrufen.«

»A call is a call is a call«, ergänzte ihr Freund.

»Habt ihr schon mal eine Anruferin gehabt, die mit euch politisch diskutieren wollte?«

Die beiden schüttelten die Köpfe und kuschelten sich intensiv aneinander, um Frank zu signalisieren, dass sie an einer Fortführung des Gesprächs nicht interessiert waren. Frank brachte seine Tasse und das Teller zurück. »Sensationeller Mohnstrudel, Herr Robert, meine Hochachtung an die Frau Tochter.« Noch bevor seine halbe Stunde Mittagspause abgelaufen war, saß er wieder auf der 23 und durchsuchte die Archive der Tageszeitungen nach den Artikeln über den Brand und den erstochenen Lehrling in Wien-Favoriten. Es gab keine Hinweise darauf, dass eine Verbindung bestand, auch keine versteckte. Der Brand hatte vor einer Woche stattgefunden, etwa einen halben Kilometer vom Fundort der Leiche des Jugendlichen entfernt. Er war laut Polizeiangaben durch eine leichtfertig weggeworfene Zigarette im Stiegenhaus ausgelöst worden. Die dort aufgestellten Container wären vor Altpapier übergequollen, die Plastikcontainer schmolzen und der beißende Rauch brachte die BewohnerInnen in Lebensgefahr. Die Feuerwehr konnte alle retten – zwei erlitten schwere Rauchgasvergiftungen, einer brach sich beide Beine, weil er in Panik aus dem Fenster des 2. Stocks sprang. Der erstochene Jugendliche lag zwischen zwei Autos, es gab keine Zeugen und seine letzten Stunden waren schwer zu rekonstruieren, da er seit sieben Tagen sein Handy nicht mehr benutzt hatte; die Polizei suchte mit einem Foto des Opfers nach Zeugen, um zu erfahren, wo er die letzten Stunden vor der Ermordung verbracht hatte. In beiden Fällen gibt es keinerlei Hinweise auf die VerursacherInnen, das muss der Schlüssel sein, dachte Frank, kopierte sich sieben Zeitungsausschnitte, schickte sie per E-Mail an sich selbst, setzte sein Headset auf und loggte sich ein. Der SUPERVISOR-CORNER blinkte mit »Servicestatus normal« und Frank hob ab. »Guten Tag, Sie sprechen mit Jean Améry, was kann ich für Sie tun?«

Der Rest des Nachmittags war für Frank Routine, weder emotional noch intellektuell herausfordernd, öfter als sonst blickte er auf die Uhr, zur Ablenkung versuchte er, die Tauben im Hof zu zählen. Vergeblich. Punkt vier Uhr meldete er sich ab, das System wünschte ihm noch einen schönen Abend. Das Intranet zeigte eine Rundmail des Betriebsrats an, der stolz war, neue Vergünstigungen erreicht zu haben. Bei einem Juwelier auf der Wollzeile kriegten MitarbeiterInnen »unseres Call-Centers«, wie es wörtlich hieß, 10 % Ermäßigung und im neu eröffneten *Club Danube* bei einer Jahresmitgliedschaft gar 15 %! Erstaunlich, welche Blüten die Vertretung der Arbeitenden im 21. Jahrhundert trieb. Magda war nicht auf ihrem Platz, als Frank das Office verließ; er legte ein *Ildefonso* auf den Schreibtisch, sie würde wissen, von wem es war.

Frank wollte in den 10. Bezirk fahren. *Fact-Finding-Mission.* Das Brandhaus besichtigen und in einem der Lokale, in dem der erstochene Lehrling laut Medienberichten häufig verkehrte, ein Bier trinken. Callas Aufgabe wollte er sich jedenfalls gründlich widmen, vielleicht sogar mehr herausfinden, als sie bereits wusste. Beim Enkplatz musste er von der U3 in die Straßenbahnlinie 6 wechseln, auf die er laut Anzeigetafel 8 Minuten zu warten hatte. Er nutzte die Zeit, um sich eine Schachtel *Marlboro* zu kaufen. Frank war Gelegenheitsraucher, er wusste aber, dass Zigaretten einen oft unschätzbaren kommunikativen Wert hatten. Unter den Feuerzeugen wählte er eines mit aufgedrucktem Sportautomotiv aus, dies kam ihm für einen *Marlboro*-Raucher schlüssiger vor als ein neutrales Einfärbiges.

Schon vor Jahren hatte er sich einen G5-Schlüssel anfertigen lassen, der ihm, wie allen PostbotInnen und ZeitungszustellerInnen, die Möglichkeit bot, in die Stiegenhäuser fast aller Wiener Häuser zu gelangen. Er hatte keinen konkreten Nutzen davon, es fühlte sich aber gut an, ihn für alle Fälle zu besitzen. So musste er im Brandhaus nicht läuten.

Obwohl in den Berichten die Hausnummer nicht erwähnt war, fand er es sehr leicht. Die Fassade war rußgeschwärzt, mehr als die Hälfte der Fensterscheiben waren gesprungen oder durch Holztafeln behelfsmäßig ersetzt. Die Namensschilder an der Gegensprechanlage deuteten darauf hin, dass fast alle BewohnerInnen türkischer Abstammung waren oder Türken geheiratet hatten. Frank öffnete die Haustür vorsichtig. An der Innenseite der Eingangstür hing ein Zettel, mit dem das Magistrat der Stadt Wien mitteilte, dass es laut Brandschutzverordnung verboten war, brennbares Material auf Fluchtwegen zu lagern. Als Erläuterung stand dabei, dass insbesondere das Abstellen von Altpapiercontainern, Fahrrädern und Kinderwägen im Hausflur verboten war. Der zweite Zettel war höchstwahrscheinlich die türkische Übersetzung davon.

Im Artikel stand, dass zwei brennende Altpapiercontainer das Feuer ausgelöst hatten. Das Stiegenhaus war jedenfalls jetzt leer, die Container standen draußen im Hof. Er grüßte einen jungen Mann, der im Hof Bälle auf einen Basketballkorb ohne Netz warf. Der

Bursche, zwischen 16 und 19 Jahre alt, fragte ihn nach einer Zigarette. Wortlos streckte Frank ihm die Packung entgegen, von der er vorsorglich bereits die Plastikhülle entfernt und zwei Zigaretten einem Obdachlosen an der Straßenbahnstation geschenkt hatte. Er reichte dem jungen Mann das Feuerzeug.

»Ist es nicht verboten, hier zu rauchen, nach diesem Brand?«

»Das war keine Zigarette, Mann, das wissen alle.«

»Aber die Zeitungen …«

»Vergiss den Scheiß, alle wissen, dass es nicht so war.« Der junge Mann dämpfte die nur zur Hälfte gerauchte Zigarette an einem Stein aus und warf den Ball erneut auf den Korb. Frank zögerte. Er zündete sich selbst eine Zigarette an, um Zeit zu gewinnen.

»Was machst du, Schwabo, bei uns im Haus?«

»Ich will wissen, wie es wirklich war. Ich glaub den Zeitungen auch kein Wort.«

Der junge Mann fing den Ball und hielt ihn mit beiden Händen fest. »Verschwinde hier, du weißt genau, wie es ist in Wien, mach die Augen auf und lass uns in Ruhe, wir regeln unsere Dinge schon selbst«.

Kurz wirkte die Situation auf Frank bedrohlich, nachdem der Bursche das Ballspiel aber wieder aufgenommen hatte, schien Angst zu haben unangebracht.

»Na dann, ciao!« Frank erwartete keine Antwort und verließ das Haus wieder, ohne weitere BewohnerInnen zu befragen.

Bis zum *Café Traude* waren es nur sechs Häuserblocks. Laut Zeitungsberichten war dies das Lokal, wo der getötete 17-jährige Lehrling regelmäßig an den Glücksspielautomaten abhing und mit seinen Freunden trank. Frank bestellte ein großes Bier und eine Gulaschsuppe. Der Kellner musterte ihn von unten bis oben und kam offensichtlich zu keinem konkreten Ergebnis. Ein anderer, etwas beleibter 30-jähriger Stammgast mit kurzen Haaren, enger olivgrüner Hose und mittelhohen Stiefeln war da weniger zurückhaltend: »Bist du auch so ein Schmieranski?«

Frank gab sich unwissend. »Ich wohne seit vorgestern hier in der

Gasse. Frank, mein Name.« Es kostete ihn einige Überwindung, dem selbstbewussten Recken die Hand entgegenzustrecken, aber die Kombination aus seinem sehr deutschen Vornamen und dem festen Händedruck zeigte Wirkung.

»Rüdiger! Tut mir leid, aber seit der Geschichte mit dem Toten hängen jeden Tag einige Hyänen hier rum und wollen wissen, wer seine Freunde waren und so und schnüffeln in unserem Privatleben rum.«

Frank beteuerte, dass er nichts mitgekriegt hatte und dass er schon seit Langem die Schmierenblätter nicht mehr lesen würde, auch nicht die Gratissachen, sondern sowieso nur glaube, was er selbst gesehen hat oder ihm seine Freunde erzählen.

Offensichtlich zählte sich Rüdiger bereits zu seinen Freunden, er begann über den toten jungen Mann zu erzählen, und dass sie gut befreundet waren, Kameraden halt, und dass nichts davon stimme, dass dieser gespielt hätte. »Es waren die Tschuschen oder andere Kanaken«, war der Schlussverdacht, den Rüdiger zusammenfassend äußerte. Niemand traue sich das zu schreiben, weil überall nur Juden in den Redaktionen sitzen, ergänzte Rüdiger, während Frank seine Gulaschsuppe löffelte. Er rief den Kellner zu sich, lobte in höchsten Tönen den Koch, bestellte sich noch einen Nussschnaps und die Rechnung und bot Rüdiger eine Zigarette an. »Muss ich Angst haben, wenn ich hier wohne?«

»Es gibt schon Leute, die was tun, damit die Kanaken nicht die Mehrheit kriegen hier im Viertel, auch wenn die Politik nichts tut. Mach dir um unser Favoriten keine Sorgen!« Rüdiger klopfte Frank auf die Schulter. »Du bist in Ordnung!«

Frank verließ das *Café Traude* und wollte nur schnell nach Hause und eine Dusche nehmen.

Er wusch sich besonders gründlich und pfiff dabei die *Marseillaise*; er konnte keine Zusammenhänge zwischen den beiden Fällen erkennen, ging aber davon aus, dass Calla ihn nicht auf eine falsche Spur setzen würde.

Klar war, dass in dem Stadtviertel viele zornige junge Männer unterwegs waren, die Fremden unverhohlen erzählten, dass sie ihre Dinge selbst regelten und keinerlei Vertrauen in die Polizei und die Medien hätten. Aber waren das nicht alles einfach dumme Macho-Sprüche? Frank wollte nochmals die sieben Zeitungsausschnitte durchlesen, die er sich am Nachmittag kopiert hatte. Calla fragte ihn ja, ob er solche lesen würde; Frank nahm daher an, dass sich in ihnen mehr Informationen verbargen, als ihm bewusst war.

Er stieg aus der Dusche und hörte, wie eine SMS bei ihm einging. Ohne sich abzutrocknen, das Handtuch über die Schulter gelegt, ging er nackt in sein Wohnzimmer und kramte in seiner Hose nach dem Handy. Es waren zwei *messages* eingegangen. Die eine war von seiner Tante Luise: »*Hallo Frank, ich kann das jetzt auch, du hast ja in vier Tagen Geburtstag, und damit ich das nicht wieder vergesse, jetzt schon alles Liebe zum Geburtstag, deine Tante Luise.*«

Er war fast ein wenig gerührt; es war sicherlich eine der ersten drei SMS, die Tante Luise verschickt hatte.

Die zweite war von einer unterdrückten Nummer. »*c u at the blue t. at 9 pm. Bo.*«

Er würde ihn also tatsächlich wiedersehen! Und die selbstherrliche Art, mit der Bo über die Zeit von Frank verfügte, verzieh er ihm; auch wenn in der SMS drei oder vier Fragezeichen gewesen wären, hätte das nichts geändert. Bo war kein Fragezeichen-Typ, so viel stand fest. Es war fünf Minuten vor acht, er hatte also noch genug Zeit, sich ein wenig zu stylen; sogar eine Nassrasur würde er noch unterbringen.

Es war knapp nach halb neun, als Frank das Haus verließ, sogar die Waschmaschine hatte er noch zum Laufen gebracht. Er fühlte sich gut, sehr *stylish*, mit schwarzen Jeans und Lederjacke; seine schwarzen knöchelhohen Lederschuhe hatte er mit Schuhwichse poliert.

10

Die U-Bahn stand schon ein paar Minuten in der Station, sein Stammplatz war von drei Mädchen besetzt, so zwischen 15 und 17 Jahren alt. Die eine hatte offensichtlich ein neues Handy bekommen und zeigte ihren Freundinnen Fotos von Menschen, die alle drei kannten. Sie kicherten bei jedem Foto. Es musste schön sein, sich so ungeniert über kleine Dinge freuen zu können. Eines der Mädchen nannte sich Fanny und deutete auf das deutlich sichtbare geritzte »F« neben ihrem Sitz; das neben ihr sitzende Mädchen zückte einen Lippenstift und malte in dunkelrosa ein »I« und ein Herz vor das »F«, was erneut ein kollektives Kichern der drei auslöste. Das Mädchen mit dem Handy fotografierte die Collage und schickte sie sofort den beiden anderen, worauf deren Handys mit zwei unterschiedlichen Tönen aus den Handtaschen der Mädchen reagierten.

Frank stand schon bei der Tür, weil er bei »Johnstraße« aussteigen musste, hätte aber große Lust gehabt, sich den drei Mädchen als »F-Ritzer« zu outen; sie hätten ihm sicher nicht geglaubt und ihn in große Verlegenheit gebracht.

Es war vier Minuten vor neun, als Frank das *Blue Tomato* betrat. Er schaute sich kurz um und setzte sich dann wieder an den runden Tisch unmittelbar neben der Eingangsstiege. Er war sich seiner Sache sehr sicher und bestellte bei Isabelle zwei Weizen und zwei Fernet.

»Hey Frank, kommt dein englischer Freund heute wieder? Cool!«

Noch bevor Isabelle die Getränke servierte, saß Bo schon an seinem Tisch, als wären sie alte Freunde. Frank erzählte ihm nichts von seinen verzweifelten Suchaktionen; Bo sollte nicht merken, wie sehr er sich dieses Wiedersehen gewünscht hatte.

»How are you today, Bo?«

»Plenty of business, Vienna is a strange town.«

»Today i was in a strange district. It is called Favoriten, in English ›favorites‹ …« – Bo tat ihm den Gefallen und schmunzelte. »… there is a lot of crime there.«

»Crime or not crime, that is always the question.« Bo hatte eine sehr elegante Art, Frank wissen zu lassen, dass er an seinen Geschichten nicht wirklich interessiert war. Er prostete ihm mit dem Fernet zu, trank ihn ansatzlos und hauchte ein kleines Entzücken aus. »I saw you at the *Prückel* – great theatre, man!«, und um sein Augenzeugendasein noch mit einem nonverbalen Beweis zu untermauern, stand er kurz auf und zog pantomimisch den Hut vor Frank.

»Oh, thank you. Why were you there at the same time?«

»I had a meeting in the non-smoking-area.«

Das schien tatsächlich möglich, in früheren Zeiten war es ein relativ verwaister, geschmacklos eingerichteter Raum, in dem ältere Damen, die ihre Pelzmützen im Winter nicht abnahmen, erlaubtem Glücksspiel frönten. Jetzt war es modernisiert und diente als NichtraucherInnenraum, in den Frank noch nie einen Fuß gesetzt hatte.

»Which kind of meeting, Bo? Tell me, I am so interested.«

»Well, you sure don't want to know, it is so boring.« Bo lachte laut, nahm einen Schluck von seinem Bier und legte Frank die Hand um seine Schulter. Nicht derb wie Rüdiger, nicht kameradschaftlich wie Sportler, sehr behutsam und die Spur von einer Sekunde zu lang, um als zufällige Geste gewertet zu werden. Frank gefiel das, er konnte es nicht einordnen, es war einfach nur angenehm undefiniert. Bo erzählte ihm, dass er jetzt wahrscheinlich noch drei oder vier Wochen in Wien sein werde und dass er zwar wahnsinnig viel zu tun habe und bitte, bitte, bitte nicht über die Arbeit reden wolle, aber wenn Frank Lust hätte, würde er gerne an seinen spärlichen freien Abenden mit ihm durch die Stadt ziehen. Frank war sehr stolz, wagte es, sich auf eine Stufe mit Bo zu stellen und klopfte ihm ähnlich indifferent, aber kürzer, auf die Schulter. »Oh yes, we can!«

Dann lachten beide und bestellten noch ein Weizenbier.

Es war nach halb eins, als Frank nach Hause kam; er wäre gern noch länger mit Bo durch die Lokale gezogen, aber dieser musste um Mitternacht weg, hatte noch zu tun.

»I bring you to your hotel, if you want ...«

»No thanks, I have a private place nearby.« Bo schaffte es immer wieder elegant, keinerlei konkrete Informationen über seinen Wienaufenthalt zu geben. Immerhin hatte Frank jetzt seine E-Mailadresse. Sie verabschiedeten sich unmittelbar vor dem Lokal, alberten noch zwei Minuten herum und strichen sich abschließend gegenseitig über die Schulter.

Erstmals seit langer Zeit war Frank wieder einmal gut gelaunt. Sehr gut gelaunt. Er hatte noch zwölf Minuten bis zu seiner U-Bahn und zündete sich eine Zigarette an. Es schmeckte gut, auf Augenhöhe mit Calla einem Auftrag nachgehen zu können und die Freundschaft von Bo gewonnen zu haben, nachdem gestern Abend alles noch sehr düster ausgesehen hatte. Übers Wochenende aufs Land fahren wollte Frank trotzdem, er hatte es mit seiner Tante Luise schon vereinbart. Eine Gruppe junger Männern unterhielt sich am nahegelegenen Würstelstand über die Qualität von Autoreifen unterschiedlicher Marken und dass sie immer schon wussten, dass Karl-Heinz Grasser ein Verbrecher war, bei der ganzen Sache aber nichts herauskommen werde, weil die da oben zusammenhielten. Immer. Wenn *wir* zusammenhalten würden, ja wenn. Und sie lachten und waren sich dessen bewusst, dass Solidarität nicht ihre Stärke war, was sie mit einer Runde Wodka begossen. Frank dämpfte die Zigarette aus und eilte nach unten zur U-Bahn, die gerade einfuhr, als er den Bahnsteig erreichte.

Zu Hause kochte er sich noch einen Getreidekaffee und verbesserte ihn mit einem Schluck Amaretto. Wie ein echter Detektiv klebte er die Ausdrucke der sieben Zeitungsausschnitte auf die

Wand seiner Toilette, um immer wieder en passant einen Blick darauf zu werfen. In der Straßenzeitung *Augustin* hatte er vor Jahren gelesen, dass es einen *Kurier*-Redakteur gab, der ausgezeichnete Kontakte zur Polizei hatte und immer einseitig für die Polizei schrieb. Derselbe zeichnete auch für die beiden Artikel verantwortlich, die im *Kurier* zu den beiden Fällen erschienen waren. Am Montag wollte Frank zu diesem Redakteur Kontakt aufnehmen, um vertrauliche Informationen auszutauschen. Keine Ahnung, ob der Bluff was bringen konnte, er stellt sich das Treffen jedenfalls lustig vor. Interessant schien ihm die Information zum Handy des getöteten Lehrlings, besser gesagt, das Bedauern der Polizei, dass der junge Mann es die letzte Woche vor dem Tod nicht verwendet hatte, und somit seine Bewegungen nicht nachvollziehbar waren. Es war sehr unwahrscheinlich, dass ein junger Mensch heute eine Woche ohne Handy leben würde, und aus seiner spärlichen Call-Centererfahrung wusste er, dass 90 % derer, die ein Handy verlieren, bereits am selben oder am nächsten Tag einen Ersatz dafür besorgten. Hatte der junge Mann einen Grund, sich keinen Ersatz zu holen? Hatte er sich ein Wertkartenhandy besorgt? Und mit wem führte er das letzte Gespräch mit seinem ursprünglichen Handy? Dies wollte Frank aus dem *Kurier*-Redakteur herausholen, welche Gegenleistung er ihm anbieten konnte, war ihm noch unklar. Vielleicht war der Getötete ja Kunde von *T-Mobile*, Frank war ganz aufgeregt; wieso hatte er sich nicht auch für Wochenenddienste gemeldet? Dann hätte er bereits morgen nachsehen können. Der Marktanteil von *T-Mobile* war 20 %, die Chance also 1:5, dass der Lehrling ein Kunde war. Konnte man von gesperrten Nummern noch Vergangenes ablesen?

Lange konnte Frank an diesem Freitag nicht einschlafen, er sah sich schon als Enthüller einer großen Vertuschung, aber was würde er mit der möglichen Enthüllung machen? Zur Polizei konnte er nicht gehen, wollte er auch nicht. Dem *Kurier* wollte er auch keine Story gönnen und selber schreiben, nein. Er würde Calla einen sensationellen Bericht abliefern und nachhaltig ihr Vertrauen gewinnen. Und vielleicht wurde aus dem Vertrauen ja doch noch mehr. Er hatte noch zwei Arbeitswochen Zeit; noch war er davon überzeugt, dass er nicht weiter beschäftigt sein wollte, auch wenn die Verführungen der Arbeitswelt schon Spuren hinterlassen hatten.

Er freute sich auf das Wochenende am Semmering bei seiner schrulligen Tante Luise; er freute sich auf das ziellose Herumklettern im Wald; er freute sich auf Montagmorgen, wenn er seine Recherchen fortsetzen konnte; er freute sich auf die nächsten Anrufe von Calla am Dienstag; und er freute sich auf einen Dienstagabend mit Bo, mit dem er einen privaten Gürtel-Nightwalk vereinbart hatte.

Das Leben war schön. Frank schlief ein.

11

Wenn Frank in den letzten zwei Jahren Lust auf eine begrenzte Einheit Landleben verspürt hatte, besuchte er seine Tante Luise, die einzige lebende Verwandte, wobei »besuchen« eine zweifellos zu positive Umschreibung des Zusammentreffens darstellt. Sie bewohnte ein stilvolles abgewohntes Häuschen am Ortsrand des Kurorts und besserte sich ihre kleine Witwenpension auf, indem sie zwei Zimmer an Urlaubsgäste vermietete. Den ersten Kontakt seit über sechs Jahren verdankte er damals der Tatsache, dass auch Tante Luise die Zeichen der Zeit erkannt hatte: »Frank, ich will da jetzt auch rein ins Internetz, ich *muss*! Und du bist der Einzige, der mir einfallt. Du bist zwar arbeitsscheu, aber du kennst dich sicher aus.« Selbst in höchster Not hielt Tante Luise nichts davon ab, abwertende Bemerkungen einfließen zu lassen. Es war damals ein hartes Stück Arbeit gewesen, und sie erkannte es an. Seither lief das Geschäft gut, nur Ungarn und Russen wollte sie nicht. »Das fang ich mir nicht mehr an in meinem Alter.« Es war für Frank ein unverfänglicher Ort für zwei Tage Natur und seine rassistische Tante Luise verlangte nicht mehr familiäre Verpflichtung als ein wenig Computerwartung.

Zweimal musste man umsteigen, wenn man die 102 Kilometer mit dem Zug von Wien nach Semmering zurückliegen wollte, und die Schaffner in Wiener Neustadt und Payerbach/Reichenau ließen einen spüren, welch großes Entgegenkommen es ihrerseits bedeutete, dass man den Anschlusszug erwischte. Frank liebte den Steig vom Bahnhof hinauf in den Ort; steil durch den Wald und wenig frequentiert. Er reiste immer mit minimalem Gepäck, dieses Mal nur erweitert um die Kopien der Zeitungsausschnitte über die Kriminalfälle in Wien-Favoriten. Vielleicht würde ihn die Lektüre vor ländlicher Kulisse schlauer machen.

»Komm rein, du musst heute in Karls Hobbyraum schlafen, ich

hab noch zwei Deutsche bekommen, die haben von der Autobahn im Internetz gebucht – was heute alles geht! –, und du weißt, ich brauch das Geld und im Hobbyraum ist eine ganz passable Matratze und du hast doch dort schon einmal …, oder? Und gar nicht so übel …, oder? Und es gibt Kaiserschmarren, den magst du doch so gerne.«

Frank hatte nicht *ein Mal* in dem »Hobbyraum« des seligen Onkel Karl geschlafen, sondern fast immer, und im Sommer war die kleine niedrige Kammer direkt unter dem Dach auch kein Problem, und die Seele des Onkels, die durch die verbliebenen Jagdtrophäen, eine umfassende Modelleisenbahn, und Bücher in Kisten, die er lieber nie öffnen wollte, posthum repräsentiert wurde, störte ihn nicht, wenn er sich nachts müde auf die Matratze fallen ließ. Im Winter wäre er hier beinahe einmal erfroren, und seine Tante hatte ihm, während er beim Biofrühstück langsam wieder auftaute, nur Geschichten davon erzählt, dass es früher, ganz früher, noch kälter gewesen sei. Dass er Kaiserschmarren mit Rosinen mochte, war wahrscheinlich eine vorgetäuschte Illusion von Tante Luise, fast jedes Mal antwortete er mit einer vorgetäuschten Magenverstimmung, um dann alsbald loszuziehen.

Er hatte seine fixe Runde, teils auf Wanderwegen, teils einfach so durch den Wald, und er hatte seine moosbewachsene Lichtung, auf der er oft stundenlang verweilte. Noch nie war er mit einem zweiten Menschen hier gewesen, noch nie war ihm hier jemand begegnet. Dieses Mal war er hergefahren, um in Ruhe über allerlei Verwicklungen nachdenken zu können – und erstmals konnte ihm der Ort keine Ruhe bieten. Frank wünschte sich auch keine Ruhe. Er sehnte sich nach der Hektik der Stadt, nach Bo und Calla, nach seinen Recherchen. Eine spannende Woche stand ihm bevor, und wenn er gekonnt hätte, hätte er die Zeit auf Montagmorgen vorgedreht.

Frank betrachtete nochmals die Zeitungsartikel, die er im Moos, jeweils mit einem größeren Kieselstein beschwert, ausgelegt hatte. Wenn es einen Zusammenhang zwischen den beiden Fällen gab und dieser Zusammenhang irgendwo in den Texten zufällig angedeutet war, dann war es das Handy des toten Jungen. Das stand für Frank jetzt fest. Er zündete sich eine Zigarette an und verbrannte die Kopien der Zeitungsartikel, die er nicht mehr brauchen würde.

Frank fand keinen ruhigen Schlaf und war sehr froh, als endlich die Sonne aufging. Tante Luise war bereits in der Küche und bereitete das Biofrühstück für ihre vier Feriengäste zu. Sie war überrascht, dass Frank bereits kurz nach sieben wach war.

»Das Arbeiten bei der Telefongesellschaft tut dir gut, magst du einen Kaffee, Frank?«

»Danke, gerne.« Er trank ihn gleich in der Küche, wollte nicht noch *Smalltalk* mit deutschen TouristInnen führen, die ihn wie selbstverständlich als Auskunftsdienst für Geheimtipps benutzen würden. »Ich muss los, Tante Luise – in Wien warten eine Menge Aufgaben auf mich!«

Tante Luise steckte ihm noch zwei Kipferl in den Rucksack und gab ihm die Hand. »Pass auf dich auf und hab einen schönen Geburtstag.«

Frank bedankte sich artig und wünschte ihr eine gute Sommersaison. Es war ein wunderschöner Sommermorgen; er ließ sich beim Abstieg zum Bahnhof bewusst Zeit. Irgendwie fühlte er, dass dies sein letzter Besuch am Semmering gewesen sein konnte, und er wollte sich nicht entscheiden, ob ihm das angenehm oder unangenehm war.

Vom Bahnhof Meidling fuhr er direkt zum *Café Traude*. Während der Zugfahrt war ihm klar geworden, dass in all den Zeitungsausschnitten nie der volle Name des toten Jungen genannt war, und wenn er am Montag die KundInnendatei bei *T-Mobile* durchforschen wollte, war »Richard F.« nicht ausreichend. Es war um die Mittagszeit, als er das Café betrat, außer dem Kellner und zwei Männern der Müllabfuhr war keiner da. Frank war erleichtert, zumindest Rüdiger nicht noch einmal begegnen zu müssen. Der

Kellner erinnerte sich an Frank und an sein Gespräch mit Rüdiger und zeigte sich diesmal weniger misstrauisch. Frank bestellte eine Melange und einen Bauerntoast und setzte sich an die Bar. Jetzt die Milch zum Kaffee extra zu bestellen, erschien Frank für seine Mission zu riskant.

»Weißt du, wie das Begräbnis war – vom Richi?» Die Wahrscheinlichkeit, dass Richard F. »Richi» genannt worden war, erschien Frank sehr hoch, und wenn es zuträfe, würde dies das Vertrauensverhältnis weiter aufbauen.

»Nein, aber es waren ur viele!«

»Ich konnte nicht, hab aber mit meinen Kumpels gemeinsam einen Kranz gespendet. Hoffentlich hat alles gepasst.« Der Kellner sah Frank fragend an, jetzt gab es kein Zurück mehr. »Wir haben ned gewusst, wie er sich genau schreibt, also geschrieben hat.«

»Na so wie du, nur mit ›ck‹.«

»Wie ich? – Des is mir zu hoch, da steig ich aus, was willst mir jetzt wieder sagen, ich dreh immer durch bei Rätseln, auch bei den ganz leichten, des is was für Studierte und des am Sonntag in der Früh, bring mir bitte ein Bier.« Der Antiintellektualismus gepaart mit der Bierbestellung wirkten Wunder. Während der Kellner das Bier zapfte, fragte er: »Du heißt doch Frank?«

Frank nickte.

»Naja, Richard Franck, mit ›ck‹ halt, eh leicht, oder?« Er reichte Frank das Bier und stieß mit ihm an.

»Auf Richi, war ein feiner Bursch.«

Frank trank sein Bier nicht aus, bezahlte seine Rechnung und verließ das Lokal, bei dem er sich sicher war, es nie wieder zu betreten.

Das *Blue Tomato* hatte sonntags zu, Frank fuhr direkt nach Hause und schaltete seinen Computer ein. Er googelte «richi franck«, «richard franck« und «richie franck«. Ein deutscher Großindustrieller und ein Pianist und Komponist, die beide in den 30er-Jahren des 20. Jahrhunderts verstorben waren, und ein amerikanischer *facebook*-Nutzer waren die Ausbeute. Weit und breit keine Spur von einem 17-jährigen Lehrling aus Wien-Favoriten mit Nazi-Affinität. Auch nicht in den einschlägigen Foren. Richie Franck schickte er eine Freundschaftseinladung auf *facebook*. Er schickte noch eine E-Mail an Bo: »wish us a great tuesday nite, guy!« Dann löschte er die *Spams* und sah gerade noch rechtzeitig, dass ein vermeintlicher *Spam* keine *Kurier*-Werbeaktion war, sondern die Antwort des Redakteurs mit den guten Polizeikontakten. Es war eine kurze, schlichte Mitteilung. »Rufen Sie mich an. Jederzeit.«

Frank kochte sich einen Espresso und rief an. »Ich ruf wegen dem Toten an, haben Sie heute Abend noch Zeit?«

»Zwanzig Uhr, *Café Ritter*, Sie kennen mich?«

»Ja«, log Frank, aber es würde wohl nicht so schwer sein, ein brauchbares Foto eines *Kurier*-Redakteurs im Netz zu finden.

Um halb acht machte er sich auf den Weg. Es war der Waggon mit »Fra«, der einzige seiner Art. Selbst mit »Fr« gab es erst vier oder fünf. Er zögerte kurz, brach dann seine freiwillige Selbstbeschränkung und ritzte das »n«.

Der Redakteur war ein älterer Mann. Dunkelbrauner Anzug; elegant, aber abgetragen; schwarze Hornbrille und für seine sonstige Erscheinung eine Spur zu wilde Haare. Er saß im Rauchbereich des Lokals; im Aschenbecher waren bereits drei ausgedämpfte Zigaretten, als Frank pünktlich um acht an seinen Tisch trat.

Frank streckte ihm die Hand entgegen, »Smutny, sehr erfreut, lassen Sie uns gleich zur Sache kommen.« Falls Frank sehr peinlich rüberkam, ließ es sich der Redakteur zumindest nicht anmerken. »Ich arbeite bei *T-Mobile* und könnte Ihnen die Nummern der letzten Telefonate herausfinden, falls er eine unserer Nummern hatte, es gibt aber keinen Eintrag unter seinem Namen.«

»Warum interessieren Sie sich dafür?«

»Ich habe meine Gründe ...« Frank hielt die Macho-Sprache in den Filmen immer für lächerlich, erstaunlicherweise wirkte sie bei Männern sehr gut. »Sie werden sich sicher auch gewundert haben, dass ein 17-Jähriger eine Woche ohne Handy ausgekommen ist … vielleicht wollte er ja keine Spur hinterlassen, vielleicht hatte er auch ein Wertkartentelefon, was meinen Sie?«

»Er hat den Verlust auch nicht gemeldet, es war seine Mutter, es lief auf ihren Namen, und es wurde erst gesperrt, als der Junge tot war.«

»Welche Telefongesellschaft?«

»Ich weiß es nicht, vielleicht haben Sie Glück, die Mutter heißt Renate Franck, der Junge hat noch bei ihr gewohnt, oder war zumindest dort gemeldet.«

»Gibt es schon eine Spur, wer der Mörder ist?«

»Die Polizei schweigt sich aus.«

Frank winkte den Kellner an den Tisch.

»Lassen Sie das, das geht auf mich.« Der Redakteur nahm ihn offensichtlich ernst. »Ich melde mich morgen Mittag.«

Das Detektivleben konnte ihm gefallen! Nicht als Beruf, aber als Beschäftigung.

Vom *Ritter* in die *Blue Box* waren es zu Fuß nur fünf Minuten.

»Ein Weizen ohne Zitrone!«

Er stand an der Bar, wie so oft hier, aber heute Abend fühlte er sich anders. Er hatte es nicht nötig, andere zu beobachten, und bestimmt gab es die eine oder den anderen, die ihn beobachtete. Es fühlte sich gut an, verdammt gut. Frank zündete sich eine Zigarette an und bot auch seinem Thekennachbar eine an. Der lächelte. »Ja, lass uns doch eine zusammen rauchen.«

Frank blickte auf seine Uhr, es war knapp vor halb zehn, er wollte heute früh ins Bett; morgen war ein wichtiger Tag und übermorgen war sein Geburtstag. Er legte einen Fünfer auf den Theke, stellte sein leeres Glas darauf und deutete der Kellnerin, dass der Rest für sie sei. Sie lächelte ihn kurz an, nahm den Fünfer an sich und wandte sich wieder anderen Gästen zu.

»Bleibt es heute bei dieser einen Zigarette?«, fragte ihn sein Thekennachbar. Frank lächelte, legte einen Zeigefinger auf den seines

Nachbar. »Yes, guy, heute bleibt es dabei.« Ohne sich umzudrehen verließ Frank das Lokal und ging zur U3.

Zu Hause konnte er sich nicht dran erinnern, ob der Waggon, in dem er saß, bereits eine Signatur hatte. Er schmunzelte und schlief sofort ein.

Obwohl heute ein besonderer Tag war, nahm Frank die U-Bahn um 7 Uhr 23. Sein Waggon war noch unsigniert, so konnte er nach langer Zeit wieder einmal ein großes »F« ritzen. Bei »Johnstraße« war er fertig, den Rest der Strecke lehnte er sich an das Fenster, schloss die Augen und dachte an Calla. Die anderen Fahrgäste interessierten ihn nicht. Fast hätte er den Ausstieg in der Station »Gasometer« versäumt, in letzter Sekunde sprang er hinaus und musste eine Beschimpfung der U-Bahn-Fahrerin über sich ergehen lassen.

»Sie da im blauen Jackett, das ›Zurückbleiben, bitte‹ gilt auch für Aussteigende. Wer sich zu spät entscheidet, lebt gefährlich!«

Ihre krächzende Stimmung wurde über Lautsprecher auf den ganzen Bahnsteig übertragen. Viele blickten Frank nach; er war der Schuldige, verurteilt ohne Verfahren von einer U-Bahn-Fahrerin, die nicht einmal selber fuhr.

»Krieg ich die 23? … Ich hab morgen Geburtstag, Magda!«

»Setz dich schon hin; ich werde mir noch den Zorn aller zuziehen, weil ich dich, den Neuen, immer bevorzuge.«

Frank schwang sich in den Drehsessel, setzte sich das Headset auf und loggte sich ein. Er suchte im System nach KundInnendaten, sah aber keine Chance, welche zu finden. Er war enttäuscht. Was hatte er sich gedacht? Dass *Call-Center-Agents* mehr KundInnendaten bekamen als minimal nötig? Aber die IT! Er wollte Ronnie eine E-Mail schreiben, wusste aber seinen Namen nicht.

»Guten Tag, Sie sprechen mit Jean Améry, was kann ich für Sie tun?« – Frank hatte übersehen, dass es sich um einen internen Anruf handelte, es war die Sekretärin von Doc Schneider.

»Herr Smutny, können Sie vor der Mittagspause einen Sprung zu Frau Dr. Schneider hochkommen?«

»Mach ich, danke.«

Um zwanzig vor zwölf ließ er sich von Magda auf »neutral« stellen und eilte einen Stock höher zur Geschäftsführung. Doc Schneider war heute sachlicher, bat ihn erst gar nicht, sich zu setzen, und sagte: »Hier sind die Unterlagen, melden Sie sich morgen um acht bei Frau Zobel-Riem in der Platin-Abteilung. Es wäre gut, wenn Sie diese Unterlagen bis morgen früh verinnerlichen könnten. Herr Smutny, nützen Sie Ihre Chance.« Sie reichte ihm die Hand, er drückte sie kurz und sagte: »Danke.«

Das Ganze dauerte keine zwei Minuten. Frank war erstmals in seinem Leben befördert worden, er dachte immer, dies hätte zumindest den Ansatz von Feierlichkeit. Mitnichten.

Er klopfte bei der IT. Niemand öffnete. Frank presste sein Gesicht an die verdunkelte Scheibe – es waren drei Schatten zu sehen. Er klopfte erneut. Ronnie kam raus, offensichtlich auf dem Weg ins Buffet.

»Ich brauch heute was echt Großes von dir, Ronnie!«

»Komm mit nach ganz unten.«

Frank lud Ronnie auf eine Melange mit Mohnkuchen ein und erzählte ihm die gesamte Geschichte. Es war ihm egal, was Ronnie von ihm halten würde, die einzige Chance, die er sah, war, aufs Ganze zu gehen. Ronnie unterbrach ihn kein einziges Mal, fragte nicht nach, zeigte auch keinerlei Regung. »Rauchst du?« – »Magst eine?« Das Päckchen *Marlboro*, das Frank am Freitag gekauft hatte, neigte sich dem Ende zu. Es hatte hervorragende Dienste geleistet.

Draußen im Hof, am Rande der überdachten Fahrradständer, antwortete Ronnie, und es war wie ein richterlicher Spruch: »Ich hab heute einen langen Dienst, von 17 bis 18 Uhr bin ich alleine auf der Brücke. Das Ganze ist eine Geschichte zwischen dir und mir, du erzählst NIEMANDEM davon, und wenn du Schlussfolgerungen aus dem Ergebnis ziehst, auch davon kein Wort. Und nach dem

Besuch heute möchte ich nie wieder im beruflichen Kontext von dir hören … Hast du verstanden?«

Frank nickte und war von Ronnies Präzision begeistert. »Ich komm um halb sechs. Danke Ronnie, du bist *ixtrim*!«

»Ich wollte schon eine Vermisstenanzeige aufgeben«, meinte Magda, als er zurück ins *Office* kam. Frank erklärte ihr, dass er heute länger bliebe, bis nach fünf, und dass er ab morgen im Platin-Laden sein würde. »Hast du da auch was einzuteilen?«

»Wow, es geht nach oben mit dir, wirst mich dann überhaupt noch kennen? Im Prinzip haben die alle fixe Arbeitsplätze und einen rotierenden, wahrscheinlich wirst da immer auf der sieben sitzen, dem Probestuhl, und nimm dich in Acht vor der Zobel-Riem, aber du, mit deiner charmanten Art, wirst keine Probleme haben.«

»Dich werd ich nie vergessen!« Frank schickte ihr mit der Hand einen Luftkuss über den Schreibtisch, schlenderte zur 23 und loggte sich ein.

Es war pünktlich halb sechs, Ronnie erwartete ihn schon.

»Ich hoffe, du bist da nicht in was reingezogen worden, aber eigentlich ist es mir egal. Es gibt zwei Nummern, die auf diese Renate Franck angemeldet sind, die eine ist ganz normal, die andere bereits abgemeldet. Ich nehme an, du meinst zweitere.« Ronnie sprach einfach weiter, er erwartete keine Unterbrechung. »Ich habe den Cache noch aktivieren können, die neuen Gesetze verpflichten uns dazu, den Mist zu speichern.« Frank zeigte auf den linken unteren Bildschirm. »Hier hast du die letzten zwei Nummern, die vom Handy aus angerufen wurden mit Uhrzeit und Dauer, und hier hast du die genaue Adresse des Sendemasts und die Uhrzeit von der letzten Ortung.« Frank nahm gleich vier Gummibärchen und spielte mit ihnen im Mund herum. »Frag mich nicht nach einem Ausdruck, hier hast du einen Stift, du hast fünf Minuten Zeit, dir alles Wichtige abzuschreiben und dann werde ich mich ein für alle Mal von dir verabschieden …«

Frank faltete den Notizblock mehrfach und steckte ihn in die rechte vordere Tasche seiner Jeans, die er vorher sorgfältig von alten Fusseln gesäubert hatte. Die ganze Wegstrecke nach Hause blickte er sich um, ob er verfolgt würde. Es war ihm klar, dass dies albern war, aber er wollte auf Nummer sicher gehen. Zu Hause verschloss er seine Eingangstür doppelt von innen, räumte seinen Schreibtisch komplett leer und wischte noch mit einem Tuch drüber, als könnte der Zettel bei der leichtesten Irritation zerfallen. Er faltete den Zettel langsam auseinander und legte ihn auf ein weiches Tuch, wie eine wertvolle Briefmarke. Er hatte sich die Telefonnummern der letzten drei Telefonate notiert, die Richard Franck geführt hatte, und er hatte die Adresse des Sendemasts, der als letzter ein Signal des Handys des getöteten Lehrlings empfangen hatte.

Frank wollte sich zuerst der Adresse widmen. Der Mast war auf einem Bürohaus in der Davidgasse 14 montiert. Frank holte sich eine Stecknadel, diesmal mit einem blauen Kopf, und steckte diese zu den beiden Tatortnadeln auf seinen Stadtplan, der innen auf der Toilettentür hing. Die Handymasten standen im städtischen Bereich im Abstand von maximal 150 Metern. Frank kramte in seinem Schreibtisch nach dem Zirkel, den er seit seiner Schulzeit nicht mehr benutzt hatte und machte einen Kreis um die Davidgasse 14, welcher hundertfünfzig Meter entsprach. Der Ort, wo der tote Junge gefunden worden war, lag weit außerhalb des Kreises, das Brandobjekt klar innerhalb. Das letzte Signal wurde in der Brandnacht gesendet, knapp nach vier Uhr morgens, zu einem Zeitpunkt, da der Brand bereits gelöscht war. War das der Zusammenhang zwischen den beiden Geschichten? Wenn der Verlust des Handys mit dem Brand zusammenhing, es der Lehrling bei der Brandstiftung vielleicht verloren hatte, dann hätte die Polizei oder Feuerwehr den Burschen dazu befragt. Brandstiftung war aber bereits am nächsten Tag zu Mittag eindeutig ausgeschlossen worden.

Wusste die Polizei, dass es Brandstiftung war und wer den Brandanschlag verübt hatte und vertuschte alles?

Das schloss Frank aus, es wäre zu verlockend für die Polizei, einen einfachen Fall aufzuklären. Denkmöglich wäre auch, dass jemand anderer das Handy gefunden und dadurch herausgefunden hatte, dass Richard der Brandstifter war. Das war aber sehr schwer möglich, da es nach Entdecken des Brandes keine Möglichkeit mehr gab, auch nur für wenige Sekunden ins schwer verrauchte Stiegenhaus zu gelangen. Alle BewohnerInnen mussten über die Wohnungsfenster gerettet werden.

Frank fand keine vernünftige Lösung, aber er hatte noch bis morgen Mittag Zeit. Das Handy war der Schlüssel, das stand für ihn fest. Er hatte noch die drei letzten Nummern und beschloss, auf gut Glück einfach anzurufen. Er stellte sein Handy auf »unterdrückt« und wählte. Es war Richards Mutter. Frank legte wieder auf, er wusste nicht, was er sagen sollte; die Frau tat ihm leid, sie trauerte sicher um ihren einzigen Sohn, egal warum. Es kam ihm schäbig vor, sie mit fadenscheinigen Fragestellungen aus der Reserve locken zu wollen. Zu unwahrscheinlich war es, dass sie mit dem Brandanschlag etwas zu tun hatte, und wenn ja, konnte er später immer noch anrufen.

Frank wählte die zweite Nummer. Sie war am Brandabend von Richard kurz vor sechs Uhr abends angerufen worden. Er ließ es läuten. So lange wie noch nie. Sicher zwanzig Mal, wahrscheinlich öfter. Er war gespannt auf die Stimme und den Ansagetext der Mailbox, wurde aber bitter enttäuscht. Es war nur die entseelt wirkende Frauenstimme von *T-Mobile,* die monoton »Sie sprechen mit dem Anrufbeantworter von …«, und dann die einzelnen Ziffern der gewählten Telefonnummer in viel zu großem Abstand ansagte. Frank legte auf. Er gab die Nummer in *Google* ein und erzielte kein brauchbares Ergebnis. Eine Minute später wurde die dritte Nummer gewählt. »*Café Waltraut,* grüß Sie!« Frank legte erneut auf. Schwer zu sagen, was dies zu bedeuten hatte. Wahrscheinlich nichts. Vielleicht hatte Richard angerufen, um zu fragen, ob eine bestimmte Person dort war, vielleicht der oder die, welche er kurz vorher nicht erreicht hatte, weil das Handy der Person abgeschaltet war? Dass er die Person nicht erreicht hatte, war abzulesen, da das Gespräch mit 0:00 verbucht war, Richard hatte also auch nichts auf die Mailbox gesprochen. Eine halbe Stunde später kam das Gespräch dann zustande und dauerte zweieinhalb Minuten. Der andere hatte angerufen. Frank wählte die Nummer noch fünfmal. Nie hob jemand ab, nie sagte er etwas auf die Mailbox. Es war ein Wertkartenhandy von *T-Mobile*, das konnte sein geschultes Auge an der Ziffernfolge der Nummer erkennen. Vielleicht konnte er morgen noch einmal mit Ronnie …? Kurz vor 19 Uhr kam am Brandtag noch eine SMS von derselben Nummer. Dann war lange keine Aktivität zu bemerken. Nur mehr eine. Um fünf Minuten nach vier wurde dreimal unmittelbar hintereinander die Mailbox und der Ansagetext abgehört. Dann wurde es ausgeschaltet, für immer. Welchen Grund konnte dieser Lehrling gehabt haben, seine Mailbox mitten in der Nacht dreimal abzuhören? Was war auf dieser Mailbox, und wieso den Ansagetext?

Wenn er dieses Rätsel noch löste und mit Ronnies Hilfe vielleicht noch mehr über das Wertkartenhandy herausfand, war er sich sicher, Calla morgen eine brauchbare Hypothese für den Zusammenhang der beiden Stories bringen zu können. Dies würde auch das distanzierte Verhältnis zwischen ihnen verbessern, hoffte Frank. Den *Kurier*-Redakteur würde er jedenfalls nicht informieren und die Polizei auch nicht; Frank wollte sich nicht als Subjekt in das Rätsel einschreiben, das Calla ihm gestellt hatte. Dem Redakteur wollte er zumindest Engagement vortäuschen. Er schickte ihm eine E-Mail: »Renate Franck war leider keine *T-Mobile*-Kundin. Lg, Frank Smutny«. Wenn dieser bereits andere Informationen hatte, war nun zumindest ein schwergewichtiges Indiz für die Unfähigkeit Franks gestreut, was auch vorteilhaft rüberkäme.

In weniger als 20 Minuten begann der Tag, an dem Frank seinen 33. Geburtstag feiern würde, und er spürte, dass dieser seit Langem wieder einer sein würde, an dem er richtig was zu feiern hatte. Zur Eröffnung gönnte er sich eine Sachertorte, die er in der Filiale Stephansplatz der Konditorei *Aida* erstanden hatte. Dazu echtes handgeschlagenes Schlagobers und eine Kerze. Als begleitendes Getränk gönnte er sich eine heiße Schokolade mit einem großen Amaretto und dem Rest des Schlagobers. Dem Gong des *Mitternachtsjournals* des Radiosenders *Österreich Eins* sprach er die Autorität zu, ihm die Zeit exakt anzuzeigen. Er stach mit der Kuchengabel vorsichtig ein kleines Stück ab, ohne den Rest des Tortenstückchens zu verletzen, schwenkte es elegant im perfekt geschlagenen Obers, schob das Stückchen in den Mund und drückte es mit der Zunge an den Gaumen. Während er es genüsslich und länger als sonst kaute, bereitete er das nächste Stück für den Verzehr vor. Er freute sich auf den nächsten Morgen und beschloss, vor dem Schlafengehen noch die Bettwäsche zu wechseln. Einmal wählte er noch die Nummer des Wertkartenhandys. Vergeblich.

12

Es war ein Waggon mit »Fr«, was Frank als Zeichen des Fortschritts deutete; er war leerer als sonst, die Schulferien hatten bereits begonnen. Das »a« war in weniger als drei Minuten geritzt. Ein etwa vierjähriger Junge beobachtete ihn mit großem Ernst. Er war mit seinem Vater unterwegs, der in der Tageszeitung *Heute* blätterte, und sich davon nur sehr unwillig abhalten ließ. Der Junge zupfte ihn am Ärmel, immer wieder, bis auch der Vater zu Frank hinsah. Der Junge wollte auch mal auf etwas Bedeutendes hinweisen. So wie sein Vater ihm immer wieder, mit dem Finger zeigend, »Schau, da ist ein Bagger« oder »Schau, eine Feuerwehr – Tatütata« nahelegte, wollte der kleine Junge sich revanchieren und zeigen »Schau, da ist ein Ritzer«. Der Vater konnte das nicht würdigen und bedeutete dem Jungen, nicht hinzuschauen; dieser war sehr enttäuscht, beobachtete Frank fasziniert und konnte den bedeutsamen Unterschied zwischen Baggerführer und Ritzer nicht nachvollziehen.

Frau Zobel-Riem wartete schon auf ihn, sie wirkte nicht so schlimm, wie er erwartet hatte. *Gepflegtes Äußeres*, wie man das nennt. Ein Kostüm in Mintgrün, dazu schwarze Strümpfe und schwarze Lackschuhe; dazu ein Halstuch, das eine Spur zu sehr in Richtung Flugbegleiterin ging; eine gewagte Brille, weiß, mit metallischen Einsprengseln. »Kommen Sie, Herr Smutny, das ist Ihr neuer Arbeitsplatz. Haben Sie sich die Unterlagen durchgelesen?« Frank nickte und sah sich um. Es war heller hier oben und große Oleander standen überall herum. Die Plätze wirkten personalisierter, einige private Fotos von nahen Verwandten waren zu sehen, Posters von Madonna und Hansi Hinterseer, kleinere Topfpflanzen und Handcremes.

Nur die 7, auf der er jetzt saß, war noch ziemlich kahl.

»Hier werden Sie die nächsten zwei Wochen logieren, und falls

Sie bei uns bleiben, nehmen Sie den Platz von Frau Magister Wolff ein, die auf 4 sitzt und in Mutterschutz geht.«

Platz 4 war noch nicht besetzt, aufgrund des Tischfotos ging Frank aber davon aus, dass Frau Magister Wolff ihr zweites Kind von einem sehr unattraktiven Mann bekam und ein gutes Verhältnis zu ihrer Mutter hatte, sonst wäre diese wohl nicht als täglicher Blickfang hier ausgestellt gewesen.

Frank bedankte sich bei Frau Zobel-Riem für alles und sagte ihr noch, dass er sich bestimmt hier wohlfühlen würde.

»Wenn Sie mich brauchen, ich sitze auf der Eins.«

»Ich muss mir unten noch ein paar Sachen holen, ist dafür noch Zeit?«

»Aber klar, bei uns zählt die Qualität, nicht die Zeit.«

Frank sprang kurz nach unten, um Magda zu begrüßen. »Darf ich dich zu Mittag in die Kantine einladen?«

»Wenn mich einer von da oben einlädt, kann ich schwer Nein sagen, oder? Um halb eins?«

»Gemacht!« Er eilte die zwei Stiegen wieder hinauf und klopfte bei der IT. Ronnie kam raus, er wirkte etwas verärgert.

»Bist du nicht der, der mir gestern Abend versprochen hat, mich nie wieder zu belästigen?«

»Das muss jemand anders gewesen sein, du verwechselst mich! Komm, Ronnie, ich hab nur mehr zwei Zigaretten und kenn hier niemand, der noch raucht. Lass dich verführen, rauch mit mir, es wird meine allerletzte sein und du bist Mittäter.«

»Du bist verrückt.« Ronnie holte sich seine Lederjacke und stieg mit Frank in den Hof hinunter zu den Fahrradständern. Sie redeten kein Wort, bis beide Zigaretten angezündet waren. »Und?« Ronnie deutete an, dass er bereit war, noch einmal zu helfen; ein Wort, das Frank zu einem inneren Entzücken brachte.

»Ich hab eine Wertkartennummer von uns und schon zigmal angerufen, es hebt aber niemand ab und es gibt auch keinen Ansagetext. Ich will gar nichts mehr überprüfen oder so, aber wirf du bitte mal einen Blick mit deinem geschulten Auge auf das Anrufprofil und sag mir dann, was dir auffällt. Irgendwas. Okay? Und das Versprechen, dass ich nie wieder bei dir auftauche, ist damit auch nicht gebrochen.«

Ronnie hatte offenbar Schlimmeres befürchtet. Er wirkte richtiggehend erleichtert.

»Kommst du um 20 nach 12 auf ein Mohnschnittchen und einen Kakao in den kulinarischen Untergrund? Ich lad dich ein.«

Ronnie dämpfte die Zigarette aus und schlug in die erhobene offene Hand Franks ein.

»Hier ist die Nummer.«

Sie stiegen beide nebeneinander die vier Treppen hinauf, ohne ein weiteres Wort zu wechseln. Frank ließ sich auf seinem Drehstuhl nieder, setzte sich das Headset auf und loggte sich auf der 7 ein. Die Begrüßungsformel war die gleiche; auffällig war der Supervisorcorner, der Servicelevel »optimal« anzeigte – ein Zustand, der unten niemals geherrscht hatte. Es gab auch keinen Anruf in der Warteschleife – wenn dies im Platin-Laden länger als eine Minute der Fall war, wurde ein normaler Anruf reingeschalten, der als solcher auch gekennzeichnet war.

»Guten Tag, Sie sprechen mit Jean Améry, was kann ich für Sie tun?«

»Jean Améry? Very nice! Ich fliege für zehn Tage in die Staaten und dort ist Ihre *Company* ja auch aktiv. Kann ich da mein Handy einfach benutzen und welche Tarife gelten für mich?«

»Küss die Hand, Frau Kammersängerin!« Bei den Platin-KundInnen, die keine Geheimnummer hatten, waren neben ihren Abrechnungs- und Verbindungsdaten auch noch ein kleiner Steckbrief mit Vorlieben, Macken und Ähnlichem vermerkt, welcher bei jedem Gespräch upgedatet werden sollte. Bei seiner aktuellen Anruferin stand: »Steht sehr auf ihren Titel ›Kammersängerin in der Staatsoper‹ (bitte nicht ›Kammersänger‹ sagen!!!!!), sie steht auf veraltete Höflichkeiten, bitte niemals auf den Sänger gleichen Namens ansprechen, mit dem sie nicht verwandt ist!!!!«

»Wann fliegen Sie, wenn ich indiskret sein darf, Gnädigste?«

»Morgen in zwei Wochen!«

»Ausgezeichnet, dann mach ich Ihnen folgenden Vorschlag: Ich lasse Ihnen ein USA-taugliches Handy mit amerikanischer Simkarte zukommen und Sie zahlen in den Staaten denselben Tarif wie hier, lokal wie international. Es kostet Sie nichts zusätzlich, wenn Sie den Vertrag bei uns um weitere zwei Jahre verlängern. Wie sind Sie mit dem Service bei uns zufrieden?«

»Ich weiß nicht, ich mag mich mit meinem Alter nicht mehr auf ein neues Handy umstellen und was ist dann mit all meinen gespeicherten Nummern?«

»Frau Kammersängerin, machen Sie sich keine Sorgen, dafür sind ja wir da, wir müssen ja auch was arbeiten. Ich hab hier die Marke des Handys, das Sie benutzen; Sie kriegen exakt dasselbe, Ihre gespeicherten Nummern werden von unserer Technik auf das zusätzliche Handy übertragen und ich lass Ihnen das Gerät noch heute per Boten in die Oper liefern. Wie klingt das, Gnädigste?«

»Wenn das wirklich so klappt, können Sie meinen Vertrag auf zehn Jahre verlängern, junger Mann!«

»Zwei Jahre sind genug, Frau Kammersängerin, wir sollten uns ja auch in Zukunft immer um Ihren Komfort bemühen.« Während des Gesprächs blätterte Frank auf der Homepage der Staatsoper die Besetzungen der Premierentermine durch und fand den Namen der Kammersängerin bei *Salome* von Richard Strauss Anfang Oktober. »Ich wünsche Ihnen einen guten Flug und dass Sie uns gut wieder nach Wien kommen, für die Salome im Oktober.«

»Danke, danke. Wenn ich telefonieren nicht so anstrengend finden würde, bei Ihnen würde ich öfter anrufen, junger Mann, wie war Ihr Name?«

»Jean Améry, Gnädigste!«

»Sind Sie verwandt mit *dem* Jean Améry, dem Schriftsteller?«

»Nein, Frau Kammersängerin, bin ich nicht, vielleicht im Geist ein wenig.«

»Ist vielleicht besser für Sie, er hatte es nie leicht im Leben, und so was zieht sich über Generationen durch die Familien.«

»Sie sagen es, Gnädigste, Sie sagen es. Kann ich noch etwas für Sie tun?«

»Sie würden mir eine große Freude machen, wenn Sie der *Salome*-Premiere im Herbst beiwohnen würden. Darf ich Ihnen zwei Karten zukommen lassen?«

»Ich bin überwältigt, Gnädigste, das kann ich gar nicht annehmen. Ich wollte Sie schon immer mal in einer Premiere bewundern. Schicken Sie die Karten an unser Sekretariat zu Händen Frau Magda Dimits, die weiß, dass es für mich ist.« Es war extrem unwahrscheinlich, dass er im Herbst noch hier arbeiten würde, aber Magda war ein Opernfan. Es wäre ein feines Abschiedsgeschenk von ihm und vielleicht auch eine Gelegenheit, sie außerhalb dieses künstlichen Biotops kennenzulernen.

Frank war mit seinem Einstand hochzufrieden. Er schälte eine Mandarine und zählte ihre Spalten. Es waren vierzehn, das war Durchschnitt, und er aß sie mit vier Bissen auf. Von hier oben konnte man auch die Tauben im Hof viel besser zählen.

»Guten Tag, Sie sprechen mit Jean Améry, was kann ich für Sie tun?«

»Wie war dein Wochenende?«

CALLA! Frank war extrem aufgeregt, wollte all seine Ermittlungen gleich auf den Tisch legen und dabei doch abgebrüht und kühl wirken.

»Ein Mosaiksteinchen fehlt mir noch; ich hab mich umgehört und all meine Kontakte spielen lassen. Du hattest recht, wie es genau war, kann ich dir nach dem Mittagessen sagen. Kannst du so lange warten? So bis halb zwei oder so?«

»Das klingt gut, du wirkst entspannt, ich melde mich um zwei.« Frank wollte noch so viel mehr hören und sagen, und er hoffte, das am Nachmittag nachholen zu können.

Um 15 nach 12 Uhr loggte Frank sich aus – der Servicestatus war immer noch »optimal« – und machte sich auf den Weg in die Kantine. Er wollte vor Ronnie unten sein, besetzte einen der Tische und stellte sich in die Kaffee-Schlange.

»Grüß Sie, Herr Robert, einen kleinen Espresso mit Milch extra, einen Kakao und eine der köstlichen Mohnschnitten Ihrer Tochter Denise.« Es kostete keine Mühe, »köstlich« zu sagen, und erleichterte den Umgang mit Herrn Robert immens. Frank bezahlte und gab 40 Cent Trinkgeld.

Ronnie kam eben bei der Tür herein. »Das ist ein Service, von deiner Sorte bräuchten wir mehr.«

»Hast du was rausgefunden?« Frank schob Ronnie die Mohnschnitte und den Kakao hinüber und klebte an seinen Lippen, als könnte er etwas Wichtiges überhören.

»Naja, deine Aufgabe für mich war nicht schwer. Die Nummer existiert seit zwei Jahren, das Handy wurde kein einziges Mal bei einkommenden Telefonaten abgehoben und gewählt wurden insgesamt nur sechs Nummern. Es gab nie einen Ansagetext und auch keine Mailbox. SMS wurden auch keine verschickt.«

»Wenn du mich fragst, war das der Chef von irgendwas oder der Koordinator und hat über das Wertkartenhandy spezielle Aufträge vergeben.«

»Oder Chefin«

»Was?«

»Es könnte auch eine Chefin sein.«

»Jaja ... Ich schraub mich wieder hoch und vergiss nicht, die ›Was-kann-ich-für-Sie-Tuns‹ seid ihr Agenten, wir sind die IT, kapiert?«

»Alles klar, Ronnie, du hast verdammt viel gut bei mir, besten Dank!«

Ronnie gab Magda die Türklinke in die Hand. Sie lächelte ihn an und er sie.

Ein vertrautes Lächeln, dachte Frank. Er fragte:

»Kennst du Ronnie?«

»Kennen ist zu viel, eine Freundin von mir hatte mal was mit ihm. Er ist als Freund ebenso eigenartig wie hier, aber er ist immer sehr süß zu mir, weil er nicht genau weiß, was ich alles von ihm weiß.«

»Was weißt du?«

»Im Grunde gar nichts, aber das muss er ja nicht wissen.« Sie lächelte.

»Ich lad dich zum *Running Sushi* ein. Komm, wir haben wenig Zeit!« Frank nahm Magda beim Handgelenk und zog sie hinter sich her.

»Du bist lustig, was soll das, gibt's was zu feiern?«

»Heute ist ein schöner Tag und du bist aus meiner Sicht der sympathischste Mensch in diesem Laden und ich hab Geburtstag, sonst noch Fragen?« Er hatte ihr Handgelenk längst losgelassen; sie gingen nebeneinander, schneller als gewöhnlich. Beide. Sie scherzten und lachten, Frank erzählte, Magda erzählte, Frank erzählte, Magda erzählte, und am Ende blieb noch eine Menge offen. Magda bedankte sich für die Einladung und meinte, dass sie das gerne wiederholen würde, und nicht auf ihren Geburtstag warten mochte, der wäre erst im Winter, vielleicht nächste Woche, am Montag oder Dienstag oder so.

»Mal sehen!« Er wagte es nicht, sie zu umarmen.

Frank loggte sich auf der 7 ein. Der Servicelevel war »optimal« und es lagen keine Platin-Kunden in der Warteschleife.

»Guten Tag, Sie sprechen mit Jean Améry, was kann ich für Sie tun?«

Es waren zwei Routinegespräche, die von unten hochgeschaltet wurden. Frank konnte dabei in Ruhe die Tauben im Hof zählen, es waren 14 und das ohne Zweifel.

»Guten Tag, Sie sprechen mit Jean Améry, was kann ich für Sie tun?«

»Hallo Jean, was hast du herausgefunden?«

»Ich kann dir nicht sagen, wie es war, dazu fehlen mir detaillierte Ermittlungen. Aber ich hab eine These, der ich sehr viele Chancen beimesse, der Wirklichkeit nahezukommen.«

»Und?«

Frank holte tief Luft und versetzte sich in die Stimmung eines Staatsanwaltes beim Schlussplädoyer. »Also, ich glaub, es war so: Richard Franck war Mitglied einer rechtsextremen Gruppe und hat alleine oder mit anderen gemeinsam die Altpapiercontainer in dem Haus angezündet – ein rassistischer Anschlag. Am Nachmittag spionierte er das Haus aus, wurde dabei offensichtlich überrascht und verlor dabei sein Handy, ohne es zu merken. Das letzte Telefonat führte er mit dem Chef der Gruppe, der ein Wertkartenhandy benutzte, um Ziele und Aufträge bekanntzugeben. Das verlorene Handy fand am frühen Abend einer der HausbewohnerInnen, nahm es an sich, wusste aber noch nicht, welche Bedeutung es hatte. Der Brand brach etwa um 1 Uhr 30 aus und war kurz vor 4 gelöscht. Kurz nach 4 wurde zweimal die Mailbox des Lehrlings abgehört und dreimal der Ansagetext abgefragt. Wahrscheinlich haben ein oder mehrere HausbewohnerInnen das abgehört und einen Zusammenhang zwischen dem gefundenen Handy herstellen und den Besitzer des Handys identifizieren können. Die Polizei hatte ungewöhnlich schnell offiziell festgestellt, dass der Brand durch eine achtlos weggeworfene Zigarette ausgelöst wurde, was wahrscheinlich das Todesurteil für den Brandleger war. Wer den kleinen Nazi umgebracht hat und warum, weiß ich nicht, will ich auch gar nicht wissen. Die es taten, werden aber wahrscheinlich schon öfter schlechte Erfahrung mit rassistischer Polizei gemacht haben. Die Polizei wiederum kann jetzt auch den Mord an dem Lehrling nicht aufklären, ohne dass die Brandstiftung neu aufgerollt wird. Ein echtes Dilemma. Kann es so gewesen sein?«

»Ja, so könnte es gewesen sein, das hast du sehr fein analysiert. Die Polizei versucht öfter, rassistische Anschläge zu vertuschen, um Nachahmungstaten zu verhindern, wie es offiziell heißt.«

»Und die Racheaktionen sind dann organisiert?«

»Das ist nicht die Frage. Die VerantwortungsträgerInnen ziehen sich immer öfter von ihrer Rolle zurück, schaffen einen Hohlraum, und der wird dann von anderen ausgefüllt, ob organisiert oder nicht. Die Frage, ob Recht oder Rache, ist ja auch immer nur eine Frage, wer die Definitionsgewalt hat.«

»Wie meinst du das?«

»Sind die Tierschützerprozesse Recht oder Rache? Wieso sollen das überhaupt zwei Kategorien sein?«

»Das eine ist demokratisch legitimiert, nüchtern und sachlich; das andere ist impulsiv und individuell.«

»Du warst ein braver Schüler, Jean, aber du weißt selbst, dass es nicht so ist. Die Nachkriegsjustiz, die politisch Verantwortlichen, ja sogar wesentliche OpfervertreterInnen haben immer wieder die Formel ›Recht statt Rache‹ getrommelt. Selbst als klar war, dass das bedeutete, dass die TäterInnen mit Milde oder Freispruch rechnen konnten und die Opfer kaum entschädigt wurden. Nur ein Beispiel: In den psychiatrischen Kliniken Wiens wurden nicht wenige traumatisierte Holocaust-Überlebende von rehabilitierten Naziärzten behandelt, die für die Traumatisierungen direkt oder indirekt verantwortlich waren. Das ist Recht. Wäre Rache da nicht angemessener? Nüchterner und sachlicher?«

»Aber wer soll das entscheiden – welches Handeln ist ethisch vertretbar ohne Prozess?«

»Letztendlich kann sich jede und jeder nur selbst legitimieren. Glaubst du nicht, dass es weniger Kriege gäbe, wenn alle gezwungen wären, sich selbst zu legitimieren? Auch Jean Améry schrieb 1971 von legitimer Konter-Violenz. Wusstest du das?«

»Nein, ich kenn mich echt nicht so gut aus bei Jean Améry.«

»Lies nach in den Aufsätzen zur Politik und Zeitgeschichte. ›Es gibt Wunden, die erst vernarben, sobald wir, von den Fesseln befreit, zum Gegenschlag ausholen‹, schreibt er in einem Artikel der *Frankfurter Rundschau*.«

»Wollen wir uns mal treffen?«

»Nein, niemals.«

»Was muss ich dir noch alles beweisen?«

»Lass uns morgen weiterreden, so hat das keinen Sinn, okay?«

»Ich hab heute Geburtstag!«

»Ich weiß, mein Lieber, ich weiß, *happy birthday*, bis morgen, baba!« Calla legte auf.

Ein kleiner Rückschlag, dachte Frank, ein verkraftbarer. Er dachte an Bo und den geplanten *Gürtel-Night-Walk*.

»Guten Tag, Sie sprechen mit Jean Améry, was kann ich für Sie tun? – Küss die Hand, Frau Kammersängerin, was verschafft mir erneut die Ehre?«

»Ich muss Sie enttäuschen, junger Mann, aber ich bin nur eine Freundin der Frau Kammersängerin, eine gute, auch Sängerin zwar, aber nicht vom selben Format. Wenn ich von meinem Handy anrufe, dauert es immer ewig, und ich hab fast immer überforderte, ja teils flegelhafte junge Leute dran und da sagte Lisbeth zu mir, ruf doch mal von meinem an und frag, ob du nicht auch ordentlich bedient werden könntest.«

»Ich bin überzeugt, Gnädigste, dass Sie bei uns überall optimal bedient werden, aber gerne schau ich mir an, was wir noch besser machen können. Geben Sie mir Ihre Nummer?«

Die Anruferin war bereits seit acht Jahren Kundin, rief unterdurchschnittlich oft im *Call-Center* an und hatte eine durchschnittliche Rechnung bei einem sehr geringen Gesprächsaufkommen, also einen sehr schlechten Vertrag.

»Sie sind ja eine Kundin der ersten Stunde, Gnädigste, Ihre Treue ist bewundernswert. Ich werde mich dafür verwenden, dass Sie auf das gleiche Serviceniveau der Frau Kammersängerin angehoben werden, falls Sie uns weitere zwei Jahre erhalten bleiben wollen. Und ich gebe Ihnen eine gratis Telefonstunde dazu. Wie hört sich das an, Gnädigste?«

»Genau so, wie das die Frau Kammersängerin geschildert hat, besten Dank, junger Mann, Ihre Manieren geben Hoffung für die Zukunft.«

Frank loggte sich aus, ging zu Frau Zobel-Riem und verabschiedete sich. »Wiedersehen, ich glaube, ich fühle mich wohl in Ihrer Abteilung. Ich muss heute früher gehen – Behördenwege.«

Frau Zobel-Riem war sichtlich geschmeichelt. »Die Wahl ist nicht zufällig auf Sie gefallen, Herr Smutny, Sie passen sehr gut in unsere Abteilung. Loggen Sie sich einfach aus und ich geb Ihnen für Ihre Wege zwei Stunden. Ist das ausreichend?«

»Besten Dank, ich wünsche Ihnen einen schönen Abend!«

13

Frank sah die U-Bahn einfahren, wollte sich aber nicht beeilen. Es war ihm völlig unverständlich, warum so viele Menschen zur U-Bahn hetzten, obwohl um diese Tageszeit alle 3 bis 4 Minuten eine Bahn fuhr. Aus allen Zugängen wurden laufend neue Fahrgäste ausgespuckt, die wie durch Zauberhand den Bahnsteig immer wieder neu befüllten. Frank stieg in den zweiten Waggon ein und setzte sich. Er las in einer Jean-Améry-Biografie, interessierte sich vor allem für seine Texte der späten 60er- und 70er-Jahre.

Bei »Volkstheater« wurde es dann richtig voll. Eine größere Gruppe, fast ausschließlich Frauen, war eingestiegen. Sie hatten alle Kongress-Identitätskärtchen um den Hals hängen, manche hielten Mappen in ihren Händen. Soweit er feststellen konnte, ohne besonders aufzufallen, waren es TeilnehmerInnen eines Symposiums. Er konnte das Logo des Architekturzentrums erkennen und einen Veranstaltungstitel: »Queere Musiktheorie«. Solche Gruppen stiegen öfter hier ein und spätestens drei Stationen weiter, bei »Westbahnhof«, wieder aus. Es war also wenig Zeit, einen genaueren Eindruck zu gewinnen und jedenfalls zu wenig Zeit, um zu flirten.

Bei »Neubaugasse« klappten zwei radikal auf Durchschnitt getrimmte Personen ihren Ausweis auf die Außenseite ihrer bläulich-grauen Parkerjacken und traten auf die Fahrgäste jeweils einzeln mit den Worten »Guten Tag, Fahrscheinkontrolle!« zu. Frank hatte einen klaren Fluchtmodus: Er stellte sich ganz langsam zur nächstgelegenen Tür und starrte diese an, ohne sich zu be-wegen. In den meisten Fällen reichte das aus, um in der nächsten Station unbehelligt aussteigen zu können. Er hörte die Ansage noch drei Mal, und drei Mal dann ein »Danke!« aus demselben Mund. Beim vierten Mal – der Kontrolleur war bereits unmittelbar bei der Person neben Frank angelangt – kam statt eines »Danke« eine Gegenrede. Es war eine der OrganisatorInnen des Symposiums, die dem Kontrolleur mit fester, sehr ruhiger und gefasster Stimme unmissverständlich entgegenhielt: »Entschuldigen Sie, dieser Waggon erkennt Ihre Kontrollkompetenz nicht an!«

Sie sagte das relativ laut. Alle als SymposiumsteilnehmerInnen erkennbaren Personen stiegen aus, und ein paar mehr. Es fühlte sich gut an, Teil einer Manifestation zu sein. Viel besser als stille Flucht.

Da er unfreiwillig in der Neubaugasse die U-Bahn verlassen musste, gönnte Frank sich noch einen Kaffee mit Milch extra in der *Blue Box*. Hier hatte man weniger Probleme mit Sonderwünschen als in der Kantine des *Call-Centers*, wurde aber sicherlich genauso wenig ernst genommen. Den Kellner hatte er schon einmal gesehen, aber nicht hier.

»Bist du neu hier?«

»Ne, ich hab nur die Seite gewechselt.«

Frank verstand nicht, wollte sich aber keine Blöße geben und wartete auf kleine Zusatzinformationen.

»Du weißt schon, die Frage, ob es heute bei der einen Zigarette bleibt ...«

»Mah, ja – tut mir leid.« Die schlichte Kellnerkleidung, die wesentlich kürzere Frisur, das glatt rasierte Gesicht und das Tageslicht hatten aus dem Thekennachbarn von vor ein paar Tagen einen anderen Mann gemacht. Er bot Frank eine Zigarette an, die dieser annahm, ohne große Lust drauf zu haben.

»Warum machst du das hier?«

»Weil ich hier einen Tag die Woche arbeiten kann, ohne mein Stipendium zu verlieren und weil man als Kellner in der *Blue Box* öfter mal einen Typen abschleppen kann.«

Er zwinkerte Frank zu. Er war schön, aber das plumpe Gigolo-Gehabe wirkte bei schwulen Männern noch eine Spur peinlicher als bei Heteros, zumal der neue Kellner sicher 5 oder 6 Jahre jünger war als Frank.

»Ich wünsche dir Jagdglück an deinem ersten Arbeitstag. Ciao.« Frank legte einen Fünfer auf die Theke und eilte zur U-Bahn. Es war 4 Uhr Nachmittag, um 8 war er mit Bo im *Blue Tomato* verabredet, er wollte noch eine Runde Schlaf einlegen und sich auf den Abend einstimmen. Happy Birthday, Frank!

Der Wecker läutete um 6. Frank hatte wüst geträumt, er war froh, dass er nun wach war. Genau konnte er sich nicht erinnern, aber es war eine Szene in der U-Bahn, er ritzte vor sich hin wie ein Herrgottschnitzer, der einen Großauftrag erhalten hatte, und die U-Bahn füllte und füllte sich: die Nazi-Buben aus dem 10. Bezirk, der *Kurier*-Journalist, der Vater des Sohnes, der ihn einmal beim Ritzen beobachtet hatte, Doc Schneider, Tante Luise und viele, viele unangenehme Menschen, die er noch nicht kannte. Er stand auf, wollte bei der nächsten Station aussteigen und sah, wie im Nachbarwaggon eine geile Party gefeiert wurde. Ronnie und Jack, die KongressteilnehmerInnen von vorhin und Bo, der mit Gerda flirtete; Magda war auch dort und viele vom *First-Fatal-Kiss*-Konzert. Frank stand beim Ausgang und wartete, wollte wechseln, die Party war nicht mal einen Meter entfernt. Aber es kam keine Station, auch keine Durchsage. Die U-Bahn raste immer schneller, Frank war offensichtlich der Einzige, dem das komisch vorkam, die Party wurde ausgelassener und wilder, sein Wunsch umzusteigen auch immer größer; er sah all die fröhlichen Menschen und in seinem Waggon waren nur Nazis und Spießer. Noch bevor er die Notbremse ziehen konnte, wachte er auf.

Er lächelte, war verwirrt, sah auf die Uhr. Noch 2 Stunden. Er ließ ein Bad einlaufen und träufelte die doppelte Menge Ölbad hinein. »Mut tut gut«, hieß es und versprach prickelnde Anregung für Haut und Geist. Frank wechselte die Rasierklingen und achtete darauf, sich keine Wunden, auch keine kleinen, zuzufügen. Bevor er in die Wanne stieg, checkte er noch einmal sein Handy.

Zwei SMS waren eingegangen. Tante Luise schrieb: »Frank wenn du das liest: Schwerwiegender Fehler – Der *stack* ist in den *heap* gewachsen – was soll das heißen, was soll ich tun, deine Tante Luise«, und von einer unterdrückten Nummer kam: »9 pm. Bo« . Die Verschiebung war ihm nicht unrecht und seiner Tante schrieb er: »Das ist schlimm. Es ist vorbei. Da kann ich nichts mehr für dich tun. Tut mir leid, Neffe Frank«

Er griff zu den schwarzen Jeans, einem cremefarbenen Hemd, seinem schwarzes Gilet, den Sneakers von *Puma*. Als Blickfang schlüpfte er in seine vielfärbig gestreiften Socken. Er zog sich das leichte, dunkelblaue Blouson darüber, knetete noch ein wenig Gel in seine Haare und verließ kurz nach halb neun seine Wohnung.

Es war noch sehr wenig los in der *Blauen Tomate*, Frank war 15 Minuten zu früh und bestellte einen großen Espresso mit einem kleinen Amaretto.

»Einen Kaffee Coretto, den hast du noch nie bestellt, steht heute was Besonderes auf dem Programm?«, fragte Isabelle.

»Nein, beides getrennt, und nein, nichts Besonderes.« Er wollte nichts von seinem Geburtstag erzählen und auch nichts vom *Night-Walk* mit Bo. Frank zahlte und trank beides nacheinander mit jeweils einem Schluck aus.

Bo tauchte um fünf Minuten nach 9 auf. Isa lächelte ihm zu. »Hi guys«, er lächelte zurück und sagte zu Frank: »Let's go.« Sie gingen denselben Weg zurück, den sie bei ihrem ersten Treffen gegangen waren und sie schwiegen wie damals.

Sie steuerten das *Café Concerto* an; im Keller war an diesem Abend eine belgische Ska-Band angesagt. Bo zahlte den Eintritt für sie beide, bestellte zwei Gin Tonic und steuerte einen mit Rosen dekorierten Tisch an; sehr ungewöhnlich für dieses Lokal.

»This table is reservated!«

»Yes Frank, I booked it for you, happy birthday!«

Eine Kellnerin brachte zu den Gin Tonics eine überdimensionale Trüffelkugel, aus der drei Wunderkerzen ragten.

»Can you give me your lights, please?« Bo lächelte verschmitzt, nahm das Feuerzeug aus Franks Hand und zündete seine Zigarette an. Die Ska-Band spielte eine unglaubliche Version eines Birthday-Songs in 160 bpm.

Bo zog Frank auf die Tanzfläche. Es war sicher mehr als 10 Jahre her, dass Frank wild getanzt hatte, und jetzt – ganz einfach so. Er flippte mit Leuten, die fast alle 10 Jahre jünger waren als er, und viele wussten, dass er Geburtstag hatte. Bo war so toll. Zurück am Tisch naschten sie an der Trüffelkugel, tranken das Gin Tonic aus, scherzten und lachten. Bo nahm mit der Kuchengabel ein weiteres Stückchen Trüffelcreme, holte eine kleine Tablette mit Aufdruck aus seiner Sakko-Innentasche, halbierte sie mit den Fingern und drückte eine Hälfte in die Creme auf der Gabel. Er wiederholte die Prozedur mit einer zweiten Kuchengabel und streckte Frank beide entgegen. »It's your choice!«

Frank zögerte, hatte noch nie *Ecstasy* genommen. Und wollte auch nicht fragen, was es genau war. Was hatte Bo vor? Wieso sollte er ihm überhaupt vertrauen? Bo musste Franks Gedanken gelesen haben; er lächelte, nahm eine der Kuchengabeln und schob sie in seinen Mund. Er kaute genüsslich, leckte die Gabel sauber und streckte die zweite Frank entgegen. »Try it!«

Bo zog Frank erneut auf die Tanzfläche, es war ein Wahnsinn. Die beiden gingen in der tanzenden Menge unter, berührten sich, entfernten sich wieder voneinander. Während einer Ansage durch den Leadsänger umarmte Bo Frank und streichelte seinen Rücken. Frank lächelte, legte seinen Kopf auf Bos Schulter, verweilte kurz und drehte sich dann im Kreis. Bo nahm seine Hand, zog ihn zu sich und küsste ihn, zuerst vorsichtig, wie ein doppelter Abschiedskuss ohne Pause, dann öffnete er seine Lippen und suchte Franks Zunge. Frank drehte sich innerlich wie ein Kreisel, sein Körper wurde von Bo festgehalten und sanft gelenkt. Die Band spielte einen »dirty love song«, wie der Sänger meinte, und Frank und Bo schmusten auf der Tanzfläche – völlig unbeachtet von der auf- und ab hüpfend tanzenden Masse.

Es war das erste Mal, dass Frank mit einem Mann knutschte, und er war überrascht, kaum einen Unterschied zu bemerken. Sie drückten sich aneinander, wühlten ganz intensiv in den Haaren des anderen und veränderten andauernd die Haltung ihrer Köpfe zueinander, um ihre Zungen in unzähligen Varianten miteinander zu verknoten.

Sie gingen zu ihrem rosengeschmückten Tisch zurück, Bo bestellte einen Liter Wasser mit Limettenscheiben und beide tranken hastig einen Großteil davon aus.

»Are you gay?«, fragte Bo ungeniert.

»Usually not, but I don't know. Is it important?«

Bo lachte, gab Frank einen Klaps auf den Po und sagte: »Not at all.« Sie küssten sich wieder, diesmal ganz sanft, vorsichtig, jeden Zentimeter des Gesichts des anderen mit der Zunge erkundend; manchmal kicherten sie zwischendurch, eine schrille Ausgelassenheit und doch ganz normal.

Die Band packte ihre Instrumente zusammen und mischte sich dann biertrinkend unter die Groupies beiderlei Geschlechts. Frank und Bo zogen weiter, zuerst ins *Carina*, dann ins *Chelsea*. Sie tranken weiter Gin Tonic und genossen es, ihre neue Nähe öffentlich zur Schau zu stellen. Die Kellnerin vom *Chelsea* drängte zum Aufbruch, Frank konnte ihr noch zwei Wodka abringen – er war betrunken, aber er hatte Angst, dass sich seine Euphorie in Unsicherheit verwandeln würde, wenn er wieder runterkäme. Bo und Frank kicherten und summten beide die *Tetris*-Musik von Level 2 als Begleitmusik zu den Wodkas.

Draußen vor der Tür hielt Frank ein vorbeifahrendes Taxi an und hörte sich zu Bo sagen: »Wanna come with me?«

»Sure, but not tonight.«

Frank kletterte etwas gehandicapt ins Taxi, nannte seine Adresse, 12 Minuten später war er zu Hause.

Er sah in den Spiegel und war stolz auf sich. Er war ein Stück cooler geworden – und schöner. Er holte seine Digitalkamera und schoss mehrere Fotos von sich. Er wollte am nächsten Tag zumindest noch einen optischen Eindruck von dieser wunderbaren Nacht haben.

War er verliebt? Bo war echt wonderful, seine Küsse, seine Umarmungen, seine Aufmerksamkeit und Leidenschaft; Frank fühlte sich nicht schwuler als vorher, es machte irgendwie wenig Unterschied, einen Mann zu küssen – war das das Ecstasy? Beim ersten Kuss schoss Frank noch die Frage durch den Kopf, wer von ihnen beiden jetzt den Frauenpart übernommen hatte, konnte aber keine Antwort finden. Die Frage verdampfte mit der Zeit und Frank konnte sich ungeniert und gedankenlos der spielerischen Leidenschaft mit Bo hingeben.

Warum war dieser nicht mitgefahren? Sicher, aber nicht heute, was sollte das heißen? Niemals beim ersten Date? War Bo vielleicht in Frank verliebt und suchte etwas Ernstes? Frank mixte sich noch einen Wodka Orange und suchte auf *YouTube* den *Tetris*-Song. Er fand den unglaublichen »Tetris Techno Remix«, drehte die Boxen ganz laut und tanzte vor dem Spiegel, prostete sich zu und sagte: »Du bist GUUUUT.«

14

Frank wachte erst um kurz vor acht auf, das Radio spielte seit über einer Stunde fröhlichen Pop, unterbrochen von nervigem Kommentatorengequatsche. Frank hatte Kopfschmerzen, zu spät kommen war nicht seine Art, er musste sich wohl krankmelden. Er suchte nach seiner Stimmmodulation für unendliches Leid und rief, nachdem er sie gefunden hatte, Frau Zobel-Riem an.

»Guten Morgen, es tut mir so leid, ich hab schreckliche Migräne, ich ruf so spät an, weil ich geglaubt hab …, ich hab auch schon zwei Tabletten genommen und normalerweise, ich weiß nicht, warum es heute besonders arg ist, aber ich kann heute echt nicht. Verzeihen Sie mir. So was wünscht man seinem ärgsten Feind nicht.«

Frank sprach relativ leise, fast gehaucht; so, als würde ihm schon das Reden schwerfallen. Er hatte die Erfahrung gemacht, dass die Selbstdiagnose Migräne vor allem Frauen in Leitungsfunktion sehr beeindruckte. Entweder sie kannten es selbst, oder ihre Freundinnen erzählten ständig davon. Und als Mann mit Migräne galt man meistens auch noch als sehr emanzipiert.

»Oh, Sie Armer, erholen Sie sich, und wenn's morgen nicht besser wird, gehen Sie zum Arzt, aber wirklich.«

Trotz des Katers hatte Frank wieder mal eine Meisterleistung vollbracht. Er schaltete das Radio aus, trank einen Schluck Orangensaft, zog die Vorhänge zu und verkroch sich wieder in seinem Bett.

Um zwei Uhr nachmittags weckte ihn der Hunger, er griff nach der Dose mit Erdnüssen, die neben dem Bett am Boden stand, und nahm eine Handvoll in den Mund. Er kaute sie intensiv, schluckte und öffnete erst dann die Augen. Er versuchte, sich das Gefühl von gestern Abend hervorzuholen, es gelang nicht, vor allem nicht die Euphorie. Warum war Bo nicht mitgefahren? War vielleicht nur Frank betrunken und auf Drogen, und Bo hatte den Abend ganz anders erlebt? Er ging ins Vorzimmer zum Spiegel und betrachtete die Fotos, die er gestern Nacht von sich selbst geschossen hatte. Echt cool! Frank grinste und war unsicher, ob er so einen Abend ein weiteres Mal bringen würde. Er ließ ein Bad ein, fand im Netz »Ultra Tetris Music«, drehte so laut es ging auf, stieg in die Wanne und dachte an Bo, von dem er genau genommen noch nicht viel mehr wusste , als dass er gut küsste.

Das Baden tat gut, Frank blätterte in der Gratis-U-Bahn-Zeitung des Vortags. Alle MinisterInnen wurden befragt, was sie persönlich zum Umweltschutz und Energiesparen beitrugen. Manche fuhren mehr Rad als früher, andere kauften österreichisches Gemüse. Der MINISTER, der für Franks Agententätigkeit politisch verantwortlich zeichnete, beschrieb, wie er öfter mal durch sein Haus ging und kontrollierte, ob überall das Licht abgedreht war. Erstaunlich, wie offenherzig PolitikerInnen Belangloses erzählten und sich fast alle JournalistInnen damit zufriedengaben, ohne nachzufragen. Bei dem »Haus«, in dem er seit über 25 Jahren wohnte, handelte es sich um Schloss Lannach – es hatte 24 Zimmer und einige Nebenräume … Das war doch eine schöne Vorstellung! Der MINISTER kommt spätabends, müde vom vielen Regieren nach Hause, isst einen Happen, spricht mit seiner Frau über die laufenden Geschäfte des gemeinsamen Pharmakonzerns, gibt ihr einen Kuss auf die Stirn und sagt: »Schatz, ich geh noch eine Runde durch das Schloss, um zu kontrollieren, ob alle Lichter abgeschaltet sind.« Ob Frank der einzige Leser war, der sich Informationen so visualisierte? Aber der MINISTER konnte sich seiner Sache sicher sein. Ganz Österreich wusste seit zwei Monaten, dass Schloss Lannach von 1943 bis 1945 ein KZ-Außenlager von Ravensbrück und Mauthausen war, und dass Zeugen Jehovas als ZwangsarbeiterInnen im SS-Institut für Pflanzengenetik inhaftiert waren. Bereits 1947 war der Vater des MINISTERS am selben Ort als Geschäftsführer eines Pharmakonzerns tätig, den er 1960 mehrheitlich übernahm und 1980 seinem Sohn Martin übergab. Als der *Standard* vor zwei Monaten den

MINISTER mit den seit zehn Jahren bekannten historischen Tatsachen konfrontierte, sagte dieser: »Ich höre heute das erste Mal davon und bin völlig überrascht.« Und nach einer Nachdenkpause: »Ich habe davon sicher nichts gewusst.« Über eine Gedenktafel für die Opfer müsse er nachdenken, sagte er damals. Kaum jemand forderte ihn zum Rücktritt auf. Und jetzt ging der Mann zweimal die Woche durch sein Schloss, um die Lichter zu löschen und dabei nachzudenken, ob er eine Gedenktafel für Naziopfer errichten lassen sollte, die in seinem Schloss inhaftiert waren. Verrückt. Und fast alle fanden das NICHT dramatisch.

Er war wohl in der Wanne eingeschlafen, jedenfalls war das Wasser maximal lauwarm und die Haut an seinen Fingern schon verschrumpelt. Frank hatte noch immer den spannenden Geschmack von Bo im Mund, auch nach dem Zähneputzen. Er trank noch einen halben Liter Wasser mit einem Aspirin und machte sich auf den Weg. Ein Abendspaziergang, verbunden mit einem Kaffee im *Blue Tomato*, erschien Frank als der angenehmste Zeitvertreib.

Isabelle begrüßte ihn, es war noch sehr früh. »Na, wieder auf der Suche nach deinem englischen Freund?«

»Nene, Isa, heute bin ich nur wegen dir da.« Die Euphorie des Vortags lockte den charmanten Schelm in Frank nach vorne. Selbst Isa wirkte irritiert. »Bring mir einen kleinen Espresso und ein Milchkännchen extra und eine Topfenpalatschinke … Wie hältst du das eigentlich hier aus, Isa, bei all den *Barflys*?«

»Irgendwie muss man ja sein Geld verdienen und dann gibt's ja auch Gäste wie dich.«

»Gäste oder Menschen wie mich?«

»Gäste mein Lieber, Gäste.« Sie stellte die Palatschinke vor ihn auf den Tisch und lächelte professionell. Frank konnte sich nicht erinnern, jemals eine freundlichere Abfuhr gekriegt zu haben als diese. Er genoss jeden Bissen der Süßspeise und der tatsächlich großartigen Topfenfülle mit Rosinen und einem Hauch von Vanille. Garniert war sie mit Ribiseln und Kiwischeiben. Frank dachte an Bo, wenn er jetzt bei der Tür hereinkäme, würde ihn das ziemlich überfordern – und doch wäre es schön. Er zahlte und schlenderte nach Hause. Dort checkte er noch seine Mails – nichts von Bo. Frank wollte nicht warten. »Wanna c.u., Frank.« Schlicht, aber sehr intensiv, so wollte er Bo beeindrucken.

Um 7 Uhr 21 saß Frank wieder auf seinem Platz in der U-Bahn, es war einer mit einem »Fr«. Er hatte keine Lust zu ritzen, nie wieder. Frank nahm seinen Kaugummi aus dem Mund, klebte ihn an die Seitenwand direkt neben das »Fr« und drückte die kleine Nagelfeile, mit der er zuletzt geritzt hatte, darauf. Er schuf sich selbst ein Denkmal, das relativ bald schon zerfallen würde.

»Guten Tag, Sie sprechen mit Jean Améry, was kann ich für Sie tun?«

»Wo warst du gestern? Sie sagten mir, du wärst krank.«

»Ja, Migräne, sehr heftig.«

»Wie war dein Geburtstag?«

»Sehr intensiv. Ich glaube, ich hab mich verliebt.« Frank sagte das bestimmter, als er es fühlte, vielleicht war das eine Möglichkeit, Calla aus der sicheren Reserve zu locken.

»Das ist gut, gratuliere.« Sie war ein emotionaler Eisblock, durch und durch kontrolliert, nie ihr Ziel aus den Augen verlierend, aber was war ihr Ziel? »Hast du das mit der Konter-Violenz bei Jean Améry nachgelesen?«

»Ja, klingt schon alles sehr schlüssig, aber wer ist schon so unmittelbar betroffen? Es ist eher theoretisch. Zumindest für mich. Ich wüsste nicht, an wem ich mich rächen sollte.«

»Du hast archaische Rachefantasien im Kopf. ›Aug' um Aug'‹ oder so. Es gilt aber genau zu analysieren, welche Personen und Gruppen die Gesellschaft maßgeblich beeinflussen, um sie in eine falsche Richtung zu entwickeln – diese gilt es zu stoppen. Das ist demokratische Konter-Violenz.«

»An was denkst du da?«

»Denk selber nach, vielleicht kommen wir ja irgendwann zu gleichen Schlussfolgerungen. Heute noch nicht, denke ich. Wir reden morgen weiter, okay?«

»Ciao.« Frank legte auf. Was wollte diese Frau von ihm, plante sie ein Attentat und glaubte, Frank würde mitmachen? Oder waren das seine Fantasien, um Calla besser begreifen zu können?

Frau Zobel-Riem kam zu seinem Desk, der Servicelevel war »optimal«. »Sind Sie wieder okay, Herr Smutny?«

»Ja, danke, ich hab viel geschlafen. So schlimm war es echt schon ewig nicht mehr.«

»Die Frau Kammersängerin, Sie wissen schon, wen ich meine, hat Sie in höchsten Tönen gelobt. Wir sind gerade in Verhandlungen mit der *Bundestheater-Holding* über einen Generalvertrag, gut gemacht, sehr gut.« Sie legte ihm die Hand auf die Schulter, nur kurz, aber deutlich spürbar. »Für Ihre Zukunft bei uns schaut es sehr gut aus, so viel kann ich schon sagen.«

Er hatte sehr viel Unangenehmes über Frau Zobel-Riem gehört und konnte nichts davon bestätigen. An der von ihr prognostizierten Zukunft hatte er allerdings noch immer seine Zweifel.

»Kommst du einen Sprung zu mir runter, mein Lieber?« Es war erst das dritte persönliche Mail, das Frank via Intranet erhielt und das erste, das ihn wirklich freute. Magda war eine der Verführungen, die Arbeitswelten in unterschiedlicher Form immer wieder boten. Personen, mit denen man außerhalb des Jobs nie in Kontakt treten würde, die innerhalb dieses geschlossenen Systems aber eine wichtige emotionale Rolle spielten und dann auch privat interessanter wurden. Der Servicelevel war konstant auf »optimal«, Frank meldete sich ab und war zwei Minuten später schon bei Magdas Desk. »Guten Tag, Sie sprechen mit …«

»Lass den Quatsch! Ich hab Post für dich bekommen, zwei Premierenkarten für ›Salome‹ für Mitte Oktober. Warum lässt du das auf meinen Namen schicken?«

»Wow, die Madame ist ja wirklich flott, hätte ich ihr nicht zugetraut. Die Kammerschnepfe war von meinem Service derartig begeistert, dass sie mir die Karten zukommen lassen wollte, und ich hab sie zu dir schicken lassen, weil ich ja fast jeden Tag woanders sitze und nicht weiß, ob ich in zwei Wochen überhaupt noch hier sein werde; und du bist ja ein Opernfan und wenn ich sie nicht gekriegt hätte, wären sie bei dir in noch besseren Händen.«

»Parkett, 13. Reihe, weißt du, was die wert sind? Die muss ja echt voll von dir überzeugt sein, mein Lieber.« Magda zwinkerte Frank zu und ergänzte, nachdem dieser keine Anstalten machte, über den Wert der Karten einen Tipp abzugeben: »Für die Premiere Minimum 200 Euro das Stück und vier Stunden Schlange stehen.«

»Gehst du mit mir hin, Magda?«

»Aber gern!« Sie schmatzte ihm eine Spur zu laut ein Küsschen auf die Wange; ein sehr unerotisches, aber wahrscheinlich genauso beabsichtigt.

»Dann haben wir am 17. Oktober ein Date, abgemacht?«

»Abgemacht!«

»Am besten du behältst gleich die beiden Karten, bei dir kann nichts passieren. Bei mir wären sie bis Oktober verschollen, sicher sogar!«

»Du bist ur süß, Frank.« Die im selben Moment an Magdas Desk vorbeigehende Kollegin, maximal Mitte 20, schnappte Magdas Satz auf, musterte Frank, scannte ihn von unten bis oben, und schüttelte dann grinsend den Kopf.

»Bist du morgen beim Sommerfest, Magda?«

»Ja, klar, du auch?«

Frank nickte und verabschiedete sich wieder nach oben in den Platin-Laden. Völlig unabhängig vom Unternehmensziel hatte Frank sich hier bereits nach 5 Wochen eine Position erarbeitet; er war kompetent und wurde von den meisten KollegInnen, die er kannte, geschätzt. Er hatte noch 7 Arbeitstage vor sich, an denen sich entscheiden würde, ob er zu den *Top Five* gehören würde, die einen der unbefristeten Verträge erhielten. Frank war der Einzige von den in Frage kommenden KandidatInnen, der bereits im Platin-Laden schnupperte. Wenn er wollte und mit Frau Zobel-Riems Fürsprache wäre er fix dabei. Aber wollte er? *Was wollte er?*

15

T-Mobile lud die *Call-Center*-AgentInnen einmal jährlich zu einem Gartenfest im Innenhof ein; neben Grillwürstel und Kuchen gab es Bier und Cocktails. Das Ganze strahlte eine künstliche Egalität aus. Doc Schneider hielt eine Rede zur wirtschaftlichen Entwicklung des Unternehmens und wandte sich vor allem an diejenigen, die noch nie auf einem Sommerfest waren. Einer aus der Buchhaltung wurde geehrt. Er war der Einzige, der bei allen acht Sommerfesten anwesend gewesen war und in den über acht Jahren noch keinen einzigen Tag Krankenstand genommen hatte. Er erhielt einen Thermengutschein für zehn Besuche. »Damit Sie uns so gesund erhalten bleiben«, mühte sich Doc Schneider ab. Es war ihr anzumerken, dass diese Art von betrieblicher Folklore nicht ihr Ding war.

»Lassen Sie uns anstoßen, auf das Sommerfest und ein weiteres gemeinsames erfolgreiches Jahr!«

Die meisten hoben ihr Glas und nippten anschließend daran, aus Höflichkeit.

»Ich habe gekündigt.« Jack sprach mit Frank, ohne Zweifel.

»Gratuliere, aber warum? Sind die Arbeitsbedingungen bei euch in der IT so schlecht?«

»Nein, aber allein das Wort ›Arbeitsbedingung‹ lädt doch schon zur Flucht ein, oder nicht?«

Es war Hochsommer und Jack hatte nichts von seiner an ihm nicht nobel wirkenden Blässe verloren. Er trug zerschlissene Jeans und weiße Sneakers, dazu ein rosafarbenes T-Shirt mit dem Aufdruck: »There's probably no god. Now stop worrying and enjoy your life.« Und die Baseballkappe, die Frank bereits vom Motivationstraining kannte.

»Was willst du jetzt machen?« Frank konnte es nicht fassen. War er bereits so korrumpiert, dass er schon automatisch stupide Fragen stellte?

»Ich suche *The Brain* und dann machen wir uns dran, die Welt zu beherrschen.«

Ein DJ, der von Doc Schneider als kommender Mann der Wiener Indie-Szene eingeführt wurde, kopierte Jahre zu spät Kruder und Dorfmeister, die selbst in ihren ersten Tagen nie auf solchen Festen aufgelegt hätten, und die etwa 120 Gäste übten sich in kleinen Gruppen im AgentInnen-Smalltalk. Frank holte an der Bar zwei Gin Tonics und stellte sich zu Magda, die gerade mit dem Paar im Gespräch war, das er vor Tagen in der Kantine angesprochen hatte. Er streckte Magda den Gin Tonic entgegen, sie bedankte sich. Bei den beiden anderen löste das einen Kuschelreflex aus. Als wäre es ständig zu beweisen, schmiegten sie sich aneinander. Frank prostete Magda zu, saugte etwas zu laut an seinem Getränk und sagte laut: »Lass uns tanzen!«

Frank versuchte, die anderen auf der Tanzfläche auszuklammern; da war dieser Aufsichtsrat, der glaubte, leger zu sein, nur weil der Knopf seiner Krawatte locker saß, und der sich mit Schrittfolgen aus seinem Boogie-Tanzkurs bewegte; da war die Sekretärin von Doc Schneider, die die elektronische Musik mit einer permanenten Abfolge aus Pogo und Vogerltanz interpretierte; da war Frau Zobel-Riem, die ihm privat wirkende Blicke zuwarf. Frank schloss die Augen und shakte vor sich hin. Als er die Augen wieder öffnete, war Magda bereits weg. Sie hatte sich an einem der abgelegenen Tische niedergelassen und plauderte mit Ronnie.

»Hi Ronnie, was sagst du zu Jack?«

»Der Junge hat Stil, da können sich einige ein Vorbild nehmen. Er war mein bester Mann, jetzt muss ich wieder wen Neuen anlernen – und du?«

»Frank ist jetzt ein Platin-Agent, nächsten Montag kriegt er einen unbefristeten. Der wird hier noch was«, beeilte sich Magda zu sagen, ganz so, als hätte ihre Aussage einen direkten Einfluss auf Franks Antwort.

»Ich weiß nicht, Ronnie, ich weiß immer weniger.«

»Hau ab hier, nimm dir diese tolle Frau mit und gründe irgendwo in Südamerika einen neuen Staat. Wie wäre das?« Dabei deutete er auf Magda, die sogar ein wenig rot wurde. Alle drei lachten laut und saugten ihre Gin Tonics aus. Frank bot sich an, eine weitere Runde zu holen und ging vorher noch auf die Toilette. Beim Händewaschen traf er auf den Kollegen, der als Einziger all diese Feste mitgemacht hatte. »Super Fest, das rockt volle!«

Frank war nicht klar, ob der Kollege mit ihm gesprochen hatte oder nur so vor sich hin. Höflich fragte er nach: »Besser als die letzten?«

»Wie immer, wie immer super! Das fetzt! Ich will gar nicht an morgen denken!« Er lachte dreckig und fuhr sich mit den feuchten Händen über seine Haare, um diese behelfsmäßig zu glätten und nach hinten zu streichen. So wolle er jedenfalls nicht enden, schwor sich Frank, holte die drei Gin Tonics und gesellte sich wieder zu Magda und Ronnie, die zu den Liegestühlen am Rande des Springbrunnens gewechselt hatten. Um halb 12 brach Magda auf und Frank begleitete sie.

Sie fuhren in einem Waggon mit einem »F« und Frank dachte, dass es schön wäre, wenn er Magda irgendwann so vertraut sein würde, die Geschichte dieser Buchstaben zu erzählen, und vorher schon wüsste, dass sie auf seiner Seite stand. Am Rochusmarkt verließ Magda die U-Bahn. »Tschüssi, baba.« Sie hauchte ihm einen Abschiedskuss auf die Wange und war im nächsten Moment schon draußen.

Es war schon nach Mitternacht, als Frank in Ottakring die U-Bahn verließ. Nicht mehr viele Menschen waren um diese Zeit unterwegs und alle immer noch sehr schnell. Der Weg zu seinem Gemeindebau dauerte höchstens 4 Minuten; Eile war jedenfalls nicht angebracht. Der Block bestand aus 4 Häusern; wie die meisten Gemeindebauten aus den 20er- und 30er-Jahren des vorigen Jahrhunderts wirkte er wie eine kleine Trutzburg – mit massiven Stahlgittertoren, die jeweils von 9 Uhr abends bis 6 Uhr morgens abgesperrt wurden. Frank war mit diesen überzogenen Sicherheitsmaßnahmen aufgewachsen. Strenge nachbarschaftliche Kontrolle sorgte dafür, dass nachlässige MieterInnen sanktioniert wurden. Irgendwann hatte auch Frank nachgegeben und für seinen Hausfrieden das Auf- und Zusperren verinnerlicht.

Er bog in die Enekelgasse ein und sah einen Schatten in den Eingang seines Hauses huschen. Er beeilte sich, um nicht selbst aufsperren zu müssen. Er konnte niemand sehen, im Eingang lag ein Strauß mit ungefähr 25 Rosen. Noch bevor Frank seinen Schlüssel fand, blieb neben ihm ein Polizeiwagen mit Blaulicht stehen. Ein Beamter und eine Beamtin sprangen aus dem Wagen. Sie schrie Frank an: »Wo ist er?!«

Ihr Kollege musste noch einmal kurz zum Wagen, da er seine Kappe am Armaturenbrett des Fahrzeugs vergessen hatte. Ohne einleitende Begrüßungsformel nahm man an, dass völlig klar war, was passiert sein könnte, und dass Frank reflexartig dieselben Verfolgungswünsche hegte wie die beiden PolizistInnen. »Die Rosen! Wo ist er?«, schrie ihn jetzt auch der Polizist an.

»Ist der Rosenverkäufer überfallen worden? Wo? Es gibt so viele Neonazis da, ist ihm was passiert?«, fragte Frank mit gespielter Aufgeregtheit zurück.

Kurz dachten die beiden BeamtInnen nach, was Frank damit meinen könnte, dann waren sie wieder ganz ErmittlerInnen. »Die Rosen!«, wiederholte der Beamte und deutete auf den Strauß, der neben Frank im Hauseingang lag.

»Was ist mit meinen Rosen? Ich hab sie für meinen Freund gekauft. Stimmt mit ihnen was nicht?«

»Wo?«, fragte der Polizist, »wo ist er?«, schrie seine Kollegin.

»Meinen sie den Rosenverkäufer?«

»Wohin ist er gelaufen?« Es war klar, dass sie in Erfüllung ihrer Pflicht die verlorene Fährte wieder aufnehmen wollten.

Frank deutete in Richtung U-Bahn. »Ich hab ihm die letzten abgekauft, dann ist er zur U-Bahn geschlendert.«

Die beiden sprangen wieder in den Wagen und fuhren weiter. Frank schloss das Stahltor gewissenhaft ab, nahm den Rosenstrauß und fragte halblaut in den dunklen Innenhof: »Wie viel kosten die alle?« Es dauerte ein paar Sekunden, vielleicht auch eine halbe Minute, bis es hinter den Müllcontainern im Hof raschelte und ein verärgerter, leicht verschüchterter etwa 50-jähriger Mann auf Frank zukam. »Was kosten die?«, wiederholte Frank seine Frage.

»Alle?«

»Ja, alle!«

Sie einigten sich auf 15 Euro.

»Ich heiße Frank! Kommen Sie noch mit hinauf auf einen Tee?«

»Danke, ich heiße Ahmed, ein Bier wäre mir lieber.«

Frank hatte keine geeignete Vase, so verteilte er die Rosen auf acht Milchflaschen und machte ein Foto davon. Ahmed mochte nicht mit auf das Bild.

»Warum waren die hinter Ihnen her?«

»Das ist Alltag, Frank. Wir haben keinen Gewerbeschein, kriegen auch keinen, sie nehmen uns das ganze Geld ab, einfach so und dann gibt's Strafen, ganz nach Willkür. 1000 Euro ist keine Seltenheit. Und wenn du Strafen hast, verlierst du die Aufenthaltsgenehmigung. Seit 20 Jahren bin ich hier, immer dieselbe Scheiße und es wird noch schlimmer.« Ahmed öffnete das Bier gekonnt mit seinem Feuerzeug und prostete Frank zu. »Danke übrigens, es gibt wenige wie dich, die sich zumindest das trauen.«

Frank brachte noch Brot, Käse und Oliven und setzte sich zu Ahmed auf die Couch.

»Als mein Onkel in den 70er-Jahren mit Freunden nach Wien gekommen ist, haben sie als Zeitungszusteller gearbeitet und versucht, sich zu organisieren. Keiner hat geholfen, auch nicht die Gewerkschaft, sie sind alle rausgeflogen … Ich habe in Alexandria Soziologie studiert und seit 20 Jahren verkaufe ich euch Rosen und werde verfolgt wie ein Verbrecher.«

Frank fand keinen Ansatz, in das Gespräch einzusteigen. Er schämte sich für Wien.

»Ihr redet immer von einem Ausländerproblem, ihr habt ein *Rassismus*problem, Mann!«

Frank brachte Ahmed noch ein Bier und prostete ihm zu.

»Leute wie du sollten nicht nur freundlich sein, Frank, es ist schon gut, dass ihr uns dort und da helft, aber ihr müsst auch was dagegen tun – denen nicht alles durchgehen lassen, nicht für uns, sondern für euch selbst, verstehst du?«

»Wahrscheinlich hast du recht, Ahmed, wir dürfen nicht alles durchgehen lassen, magst du noch ein Bier?«

»Danke, danke, ich geh jetzt lieber, lass dir was einfallen!«

Frank umarmte Ahmed und klopfte ihm dabei auf die Schultern. »Versprochen!«

16

Frank loggte sich ein und setzte das Headset auf. »Guten Tag, Sie sprechen mit Jean Améry, was kann ich für Sie tun?« Noch 3 Arbeitstage bis zum Ablauf seines AMS-Leihvertrags, und er hatte keine Ahnung, wie es weitergehen sollte.

»Wo bin ich hier?«

»Sie sind im *Call-Center* von *T-Mobile*, was kann ich für Sie tun?« Es war eine unterdrückte Nummer, er kannte die Stimme irgendwoher, wusste aber nicht, wo er sie hintun sollte.

»Ich möchte wissen, welche Nummer ich habe, wie ich dazu gekommen bin und wie ich sie kündigen kann!«

»Es tut mir leid, mein Herr, Sie rufen von einer Geheimnummer an, die nicht mal ich am Schirm erkennen kann. Ich kann Ihnen die Nummer leider nicht bekannt geben, obwohl ich das liebend gern tun würde. Wie Sie dazu gekommen sind, kann ich auch nicht sagen, da müssten Sie aber einen Vertrag haben, und wenn Sie diesen Vertag gefunden haben, dann können Sie ihn auch kündigen.«

»Was können Sie überhaupt, wozu ruf ich überhaupt bei Ihnen an?«

»Wenn Sie mir Ihren Namen sagen, mit Verlaub, kann ich Ihnen sagen, ob auf Sie ein Handy angemeldet ist, und dann können wir auch die Kündigung unmittelbar einleiten.«

»Ich habe bei Ihnen keinen Vertrag, das ist das Handy meiner Tochter, und die ist auf Au-pair und das Handy läutet andauernd. Können Sie das nicht einfach abmelden, ist das wirklich zu viel verlangt, Sie Versager!«

»Soll ich Ihnen erklären, wie man das Handy abdreht? Das wäre die einfachste Lösung. Können Sie mir die Marke des Handys nennen, gnädiger Herr?«

»Damit ich noch monatelang Ihre sündteuren Gebühren zahle,

ohne Leistung! Ich möchte den Vertrag kündigen und zwar sofort, verbinden Sie mich mit Ihrem Vorgesetzten!«

»Tut mir leid, mein Herr, diese Möglichkeit steht uns nicht offen. Wenn Sie mir Ihren Namen nennen würden, könnte ich mit der Auflösung Ihres Vertrags dienen.«

»Sie hochnäsiger junger Angeber, Sie wissen ja gar nicht, was ›dienen‹ heißt, ich nenne Ihnen sicher nicht meinen Namen, dann steht wieder alles im ›News‹ oder sonstwo, aber über Sie werde ich mich beschweren, Ihre Tage in diesem *Call-Center* sind gezählt, das versprech ich Ihnen, wie ist Ihr Name?«

»Jean Améry, mein Herr, stets der Ihre!« Frank hörte den Anrufer noch unartikuliert fluchen und dann mit einiger Wut auflegen; leider konnte er sich an die Stimme nicht wirklich erinnern. Egal.

Frau Zobel-Riem kam zu seinen Desk und fragte ihn, ob er ein paar Minuten Zeit hätte. Frank meldete sich ab und folgte ihr in das Büro von Doc Schneider. Diese empfing sie sehr freundlich und ließ von ihrer Sekretärin Kaffee und Mineralwasser bringen.

»Herr Smutny, Sie werden nicht überrascht sein, Frau Zobel-Riem wird es Ihnen ja bereits angedeutet haben, sie hat mir von Ihrem vorbildlichen Engagement erzählt, und dass Ihnen keine Aufgabe zu schwer ist. Ich kann Ihnen daher die angenehme Mitteilung machen, dass wir Ihnen einen unbefristeten Vertrag anbieten und Sie fix in das Team Platin übernehmen können.«

Frank wartete zu.

»Was sagen sie dazu, Herr Smutny?« Doc Schneider legte den Vertrag auf den Tisch, und Frau Zobel-Riem öffnete ihren Füller und streckte ihn Frank zur Unterschrift hin. Beide lächelten. Frank nahm den Vertrag und stand auf: »Danke für das freundliche Angebot, ich werde bis morgen darüber nachdenken.«

Doc Schneider war sichtlich überrascht.

»Wollen Sie mehr Geld, Herr Smutny?«

»Es geht nicht um Geld, es geht um Nachdenken.«

Frank holte sich im Buffet noch einen Kaffee mit Milch extra und loggte sich wieder ein. Der Servicelevel war »normal«.

»Sie sprechen mit Jean Améry, was kann ich für Sie tun?«

»Hallo Jean, wie geht es?«

»Sie haben mir einen fixen Vertrag angeboten.«

»Hast du nachgedacht, was zu tun ist?«

»Warum sagst du mir nicht einfach, was zu tun ist, du weißt doch sowieso alles besser!«

»Ich hab was für dich, du kriegst morgen alle Informationen. Überleg es dir gut, ich traue es dir zu.«

»Werde ich dich dann sehen?«

»Nein, Jean, du wirst mich nicht sehen, das hab ich dir von Anfang an gesagt, und du wärst auch enttäuscht, wenn du mich sehen würdest, ich spiele eine andere Rolle in deinem Leben.«

»Wir können nicht ewig so weitermachen, das wird fad, ich will so nicht mehr.«

»Du hast recht, Jean, und ein gutes Gespür – es wird so nicht weitergehen. Dieses Telefonat wird unser letztes sein, es war spannend, mit dir zu telefonieren.«

»Was, wieso, was ist passiert?«

»Nichts ist passiert, morgen ist ein Tag der Entscheidungen. Du entscheidest, ob du hier weiterarbeitest, und du entscheidest, ob du meinen Vorschlag umsetzen willst; es ist Zeit und deine Handlungsspielräume sind größer als die der meisten anderen Menschen. Du brauchst mich nicht mehr, lass es dir gut gehen, baba!«

Frank konnte es nicht fassen. Er war wie gelähmt. Meinte sie das ernst? Konnte dieses Telefonverhältnis einfach so abreißen? Ohne Grund – genauso, wie es angefangen hatte? Und was meinte sie damit, dass er morgen alle Informationen kriege, von wem und wo? Es wurde jedenfalls aufregend, das spürte Frank. Frau Zobel-Riem blickte ihn im Vorbeigehen seltsam sentimental an, wusste sie schon, dass er den Vertrag nicht annehmen würde, wusste *er* es schon?

»*Steirereck*. 8 pm. I invite u. bo.« – Die SMS von Bo waren immer so gehalten, als musste er pro Zeichen zahlen, so wie es früher eine eigene Telegrammsprache gab. Da hieß es: »Ankomme mittags«, weil man pro Wort bezahlen musste. Frank fand es sehr schön, dass Bo ihn so richtig umschwärmte und mit seinen Vorschlägen überraschte. Er war noch nie im *Steirereck* gewesen. Dort speiste eine Parallelgesellschaft und da Frank auch nie dienstleistend unterwegs war, war er diesen Leuten, die sich darüber erfreuen, für eine Portion Rehbock vom Hochschwab mit Wurzel, Sprossen & Kraut 24 Euro auszugeben, auch selten begegnet. Beim Spazierengehen am Semmering vielleicht.

Er schaute noch einen Stock tiefer bei Magda vorbei, verabschiedete sich von ihr und erzählte ihr die Geschichte vom angebotenen unbefristeten Vertrag. »Ich würde mich ehrlich gesagt sehr freuen, wenn du bleibst, und das sag ich nicht einfach so.«

Frank war gerührt, er mochte sie wirklich. »Ich weiß echt nicht, was ich tun soll, aber wenn ich bleibe, hat das auch was mit dir zu tun. Ciao, baba, ich muss.« Es würde ihm schwerfallen, ihr sagen zu müssen, dass er geht.

17

Sie hatten die Ansagen in den U-Bahnen geändert – wann, konnte Frank nicht belegen, bei seiner Heimfahrt fiel es ihm jedenfalls das erste Mal auf. Statt des vertrauten »Zurücktreten, bitte« hieß es jetzt »Zurückbleiben, bitte«. Man konnte mit großen Wahrscheinlichkeit davon ausgehen, dass eine Kommission darüber beraten – alle Fürs und Widers abgewogen – hatte. Es war schwer, sich Gründe dafür auszudenken, was an dem alten Spruch erneuerungswürdig gewesen war, am ehesten noch die Beschwerde einEr PolitikerIn, die es als Mobbing empfunden haben könnte. Frank machte sich ein Bild von den beiden Ansagen: Die erste deutete auf einen knappen Prozess hin, man war schon direkt bei der Tür und musste zumindest einen Schritt »zurücktreten«, damit der Zug wegfahren konnte. Dabei bestand ja auch die Gefahr, dass man den Personen unmittelbar *hinter* einem auf die Zehen stieg. »Zurückbleiben, bitte« hingegen deutete auf eine großräumige Trennung hin. Man stand mitten am Bahnsteig, weitab des Zuges. Dieser verkündete, die Menschen mögen zurückbleiben, gar nicht erst versuchen, in die Nähe der U-Bahn zu kommen, so gesehen zweifellos die autoritärere Ansage.

Frank gab den 8 Milchflaschen mit Rosen frisches Wasser, bröselte in jede der Flaschen ein paar Körnchen *Aspirin* und stellte sie im Badezimmer auf. Er ließ ein Bad ein, zog die Bettwäsche ab und aktivierte die Waschmaschine mit Kochwäsche. Er rasierte sich glatt und summte dabei leise die *Marseillaise.* Er freute sich auf Bo und beschloss zur Feier des Tages, wieder einmal sein Sakko auszuführen. Es war schwarz und ohne Besonderheiten und passte vorzüglich zu Franks dunkelblauen Jeans. Dazu wählte er ein hellblaues Hemd und rosa Socken und seine dunkelbraunen Lederschuhe. Er legte dies alles im Wohnzimmer bereit und bestieg die Wanne, die er mit einem extrem schäumenden Badezusatz mit Avocadoöl-extrakten aufwertete. Er wollte Bo heute umfassend gefallen.

Um halb 8 stand Frank bereits am Bahnsteig; sehr früh, da das *Steirereck* ohne Umsteigen in 15 Minuten erreichbar war. Er hatte sich seit Jahren wieder einmal einen Fahrschein gekauft, da er nicht riskieren wollte, von einem Kontrollorgan in ein längeres Gespräch verwickelt zu werden, worauf Bo ihn für unzuverlässig halten konnte.

Von der U-Bahn-Station »Stadtpark« schlenderte Frank, um nicht viel zu früh zu kommen, betont langsam durch den Park zum Lokal; wartende Mensch strahlen immer etwas Mitleiderregendes, Peinliches aus. Zwei Minuten vor acht erreichte er den Eingang und konnte Bo, der sich von der anderen Seite näherte, schon sehen. Bo küsste ihn auf den Mund, nicht leidenschaftlich, aber bestimmt die Grenze überschreitend, die die konservative Würde des Hauses setzte. Sie wurden an ihren Tisch geleitet, zwei andere Kellner eilten herbei und gaben sich als Zuständige für das Essen und Trinken an ihrem Tisch zu erkennen.

»How are you?«

Frank fiel es schwer, die ausgelassen leidenschaftliche Partystimmung der letzten Woche auf dieses spießige Ambiente zu übertragen. »I am fine, and I enjoy to meet you!«

Bo legte seine Hand auf den Handrücken von Frank, lachte und winkte einen Kellner herbei, der ohnehin in einem Abstand von maximal zwei Metern bereits darauf gelauert hatte. Bo bestellte zwei Campari Soda und eine Flasche *Frühroten Veltliner*. Der Kellner nahm die Bestellung auf und blickte dabei immer wieder auf Bos Hand, die auf der von Frank ruhte. Bo fragte Frank so laut, dass es auch der Kellner hören musste: »Do you think he is gay or homophobic?«

Frank grinste, der Kellner löste seinen Blick blitzartig von den beiden Händen und entfernte sich. »Do you think you could do his work?«

»I don't know, maybe, why not, but I hate to work.«

Der Kellner brachte die Getränke und lächelte dabei verlegen.

»I think he is gay, but he doesn't know it.«

Sie hatten sich für die gebratene und geschmorte Schneebergland-Ente mit Sellerie, Polenta und Salz-Zwetschke entschieden, die für zwei Personen um 48 Euro serviert wurde. Unglaublich viel Personal schob ständig Wägelchen mit Wein oder Käse durch die Gegend, es war wie ein Beschäftigungsprogramm auf sehr hohem Niveau. Beim Besuch der Toilette war Frank geradezu verwundert, dass ihm nicht auch dort eine Variation von Toilettepapier mit unterschiedlichen Farben und Düften angeboten wurde. Die Ente schmeckte vorzüglich, der Wein neigte sich dem Ende zu, und Bo wollte noch Kaffee bestellen. Frank hielt ihn zurück. »I show you another place, okay?«

»Great!« Bo ließ sich die Rechnung bringen, legte 150 Euro auf das Silbertablett und folgte Frank, der bereits ein Taxi angehalten hatte. Sie küssten sich und der Taxilenker zwinkerte ihnen über den Rückspiegel zu.

Frank lotste Bo ins *Augustin*, ein kleines Restaurant mit Kerzen und frischen Schnittblumen auf dem Tisch. Dunkel, aber nicht düster, mit Thonetsesseln, Biedermeiersofas, dicken roten Vorhängen und sehr freundlichen Kellnern. Ein Hauch von Paris war zu spüren, und wie an den meisten Tagen setzte sich irgendein Gast ans Piano und spielte nach Lust und Laune. Heute war es ein hagerer Mann, etwa um die 40, der eine Jazzvariation eines Chopin-Stücks zum Besten gab. Sie bestellten zwei doppelte Espressi und handgewuzelte Mohnnudeln und Topfenpalatschinken mit Schokosauce und Nüssen; Bo sollte in die Wiener Mehlspeisentradition eingeführt werden. Sie genossen es beide, fütterten sich gegenseitig und scherzten und lachten. Am Nachbartisch erzählte eine wunderschöne junge Frau ihrem älteren Begleiter, welche Bedeutung das Bildermalen für ihr Leben hat; der Pianist gab bereits die Zugabe, die erfolgreich eingeklatscht wurde, und Bo und Frank küssten sich.

Bo bestellte noch eine Flasche Merlot und ein Bier für den Pianisten, der sich herzlich bedankte.

Der Kellner wies zum zweiten Mal darauf hin, dass die Sperrstunde bereits überschritten war. Frank bezahlte die Rechnung und fragte Bo wie letzte Woche: »Wanna come with me?«

Bo genoss es offensichtlich, Frank ein wenig zappeln zu lassen, er wiegte seinen Kopf einige Sekunden hin und her, und sagte dann: »Oh, yeaah!«

Frank mixte für beide Gin Tonic, während Bo sich in der Wohnung umsah. Sie nahmen einen Schluck und küssten sich. Frank war voll überdreht: »I am not gay, but I love you!«

Bo lachte, ließ sich aufs Bett fallen und zog Frank mit hinunter: »Love me and I will never mind if you are gay or not.« Sie wälzten sich auf dem Bett herum und zogen sich dabei langsam gegenseitig aus. Sie streichelten sich, drückten sich fest aneinander und spürten die steigende Erregung. Frank hatte bisher keine Erfahrung mit Männern gemacht, und er hatte auch noch nie konkrete Fantasien gehabt, wie es wäre, mit einem Mann zu schlafen. Aber Bo würde ihn führen, ganz sicher – auf Bo konnte er sich auch verlassen.

Es wurde eine wilde Nacht, intensiv und aufregend. Bo führte Frank in völlig neue sexuelle Erlebniswelten. Irgendwann schliefen sie eng umschlungen ein.

Der Wecker läutete wie jeden Tag um 6 Uhr 40. Frank erwachte erst mit der Signation des Radio-Morgenjournals. Er hatte einen Kater. Bo war schon weg, schade. Sehr schade. Frank wollte heute keinen normalen Tag verbringen und schon gar nicht Entscheidungen treffen. Er schrieb Frau Zobel-Riem eine E-Mail, dass die Migräne heute noch schlimmer war als vor einigen Tagen, und dass er sich erst morgen entscheiden könne, ob er das Angebot annehmen will. Magda schickte er eine *blind copy* davon, sie sollte es auch wissen.

Er vermisste Bo, trank einen halben Liter lauwarmes Wasser und schlief noch einmal ein. Kurz vor Mittag erwachte er wieder, stand auf, machte das Radio und den Computer an und stellte die

Kaffeemaschine auf den Herd. Heute war der Tag der Entscheidungen, und Frank hatte beschlossen, ganz passiv zu sein. Vielleicht würden ihm ja einige Entscheidungen abgenommen werden. Doc Schneider war sicher wütend über seine undankbare und präpotente Art, nicht sofort zu unterschreiben, und sah seinen Krankenstandstag als Verhöhnung an. Sicher hatte sie Frau Zobel-Riem bereits angewiesen, das Angebot zurückzuziehen und morgen würde sein vorletzter Arbeitstag im *Call-Center* sein. Auch Calla würde vergeblich versuchen, ihm ihren Vorschlag zu unterbreiten. Vielleicht hatte sie das ja auch gar nie vor. Egal. Wenn er morgen in die Arbeit fahren würde, wären alle wichtigen Entscheidungen bereits gefallen, und er konnte sich wieder seinem Leben zuwenden.

Wo war Bo, warum war er einfach gegangen, ohne sich von ihm zu verabschieden? Frank vermisste ihn und hatte noch nicht einmal seine Telefonnummer. Er hatte nur eine eingegangene E-Mail: Magda wünschte ihm gute Besserung und betonte noch einmal, dass sie ihn gerne weiterhin als Kollegen haben wollte. Frank wollte Bo schreiben, aber was? Es sollte nicht anbiedernd sein, auch nicht zu schwärmerisch, aber auch nicht übertrieben cool. Mehrere Entwürfe löschte er wieder und entschied sich letztlich für ein schlichtes: »You are great, I expect our next date, kiss u, frank«.

18

Frank warf zwei Euro in seinen Sparhasen und machte sich auf den Weg in die *Blue Box*, um die gestrige Nacht mit einem »Sweet Breakfast« zu besiegeln.

»Hi guy, du bist auch wieder mal hier.«

»Ein *sweet breakfast*, die geschäumte Milch bitte in einem extra Glas und einen frisch gepressten Orangensaft.«

Frank schwelgte in Erinnerungen an die letzte Nacht und genoss sein Frühstück. Er nahm kaum Notiz von den anderen GästInnen und schreckte fast wie aus einem Traum hoch, als ihn der Kellner fragte, ob er mit ihm nach draußen eine rauchen gehe.

»Die eine schulde ich dir noch von damals.« Seine Anmache war viel besser geworden, viel angenehmer.

»Nein danke, ich rauche nicht mehr«, Frank zwinkerte ihm zu und hatte das Gefühl, noch nie zuvor so perfekt gezwinkert zu haben. Er hatte noch immer leichte Kopfschmerzen, beschloss, langsam zu Fuß nach Hause zu schlendern und sich dabei zu überlegen, was der nächste Tag wohl bringen würde. Von Bo wusste er noch viel zu wenig – eine Beziehung mit einem Mann zu haben wäre doch um vieles schwieriger als Sex. Ob Bo ihn als Arbeitslosen auch begehren würde? Er hatte ihn nie über seine Arbeit befragt. Sollte er das Angebot vielleicht doch annehmen? Er konnte ja in ein oder zwei Monaten immer noch kündigen. Aber macht diese Arbeit überhaupt irgendeinen Sinn? Vielleicht war dieser Zwischentag tatsächlich nicht angetan, große Überlegungen anzustellen; vielleicht war bereits morgen früh vieles deutlicher zu erkennen. Morgen würde sich jedenfalls vieles entscheiden, das spürte Frank ganz deutlich, und er wollte bei den anstehenden Entscheidungen so gut es ging Agent der Handlung sein.

Obwohl es noch nicht einmal ganz dunkel war, legte er sich ins

Bett, stellte den Wecker auf 6 Uhr und las noch einige Seiten in Jean Amérys »Schuld und Sühne«.

Der Radiowecker schaltete sich zeitgleich mit der Signation des *Frühjournals* ein und Frank war sofort hellwach. Es war ein schöner Morgen. Bo teilte ihm via SMS mit »See u soon, my loverboy«. Ungewöhnlich ausführlich, angenehm warm.

Während die Badewanne sich füllte und das zugefügte Ölbad den Duft von Orangen und Mandeln verbreitete, rasierte sich Frank sehr sorgfältig. Er wollte schön sein an diesem Tag der Entscheidungen, und er wollte das auch allen zeigen. Er rekelte sich in der Wanne und versuchte die Situation im *Call-Center* zu imaginieren. Das Beste wäre, wenn sein Platz bereits jemand anderem angeboten worden wäre. Dann wäre er der Betroffene, der Abgewiesene, der von allen ehrlich oder gespielt bedauert würde. Diese Rolle würde keinen großen emotionalen Aufwand bedeuten und auch seine Position beim AMS verbessern. Andererseits wäre es auch schön, den erfolgsgewöhnten ManagerInnen wieder einmal zeigen zu können, dass ihre Angebote unattraktiv waren. Ruhig und gelassen »No« zu sagen. Oder vielleicht doch annehmen? Für zwei oder drei Monate? Vielleicht bis Weihnachten und sich dann kündigen lassen? Aber was, außer dem Kontakt zu Magda und Ronnie, wäre interessant genug, um Tag für Tag dorthin zu fahren? Er konnte noch keine Entscheidung treffen, vertraute auf seine Spontaneität.

Frank war bereits um 7 Uhr 15 am Bahnsteig. Seine U-Bahn fuhr eben erst aus der Gegenrichtung ein. Hunderte Menschen drängten aus den sich gleichzeitig öffnenden Türen heraus. Fast alle eilten sehr zielstrebig davon.

»Hallo Gerda, was machst du schon so früh hier?« Es war das erste Mal, dass er seine AMS-Betreuerin hier traf. Er freute sich richtig; sie schien in großer Eile zu sein.

»Ich bin seit 4 Jahren jeden Tag um diese Zeit hier, wir öffnen ja um 8 Uhr und da muss schon viel vorbereitet sein. Wie geht's dir als Agent, bist du schon fix übernommen?«

Noch bevor er antwortete, schaute sie hastig auf ihre Uhr, wohl um ihm zu bedeuten, dass er sich kurz halten sollte.

»Du schaust gut aus, Gerda«

»Alter Schmeichler, was ist jetzt mit dir?«

»Heute ist der Tag der Entscheidung, alles ist möglich. Vielleicht sehen wir uns ja nächste Woche wieder.«

»Wir können uns gerne sehen, Frank, aber lieber hier am Bahnsteig als bei mir im Büro, derzeit ist wieder wahnsinnig viel los und wir werden schon das zweite Mal umstrukturiert dieses Jahr. Ich muss dann, baba.«

Was brachte junge, intelligente Menschen dazu, sich so hetzen zu lassen? Gerda verdient sicher nicht besonders viel. Seit vier Jahren! Frank schüttelte den Kopf und setzte sich auf seinen Platz in der U-Bahn. Es war ein Waggon mit einem »Fr«, und jemand hatte mit rotem *Edding* »eude!« ergänzt. Es war schön, Spuren zu hinterlassen, die andere aufgriffen!

Er schaute zuerst bei Magda rein, vielleicht wusste die Neues und konnte ihn vorwarnen.

»Hallo Frank, na, geht's wieder? Die Zobel war ja ziemlich sauer gestern, aber sie hat nichts der Schneider gesagt von deinem Krankenstand. Ich glaub, die will dich wirklich in ihrem Platin-Laden haben, also wenn du da heute ein bisschen charmant bist, dann hast du den Job.«

Sie sagte das alles in einem Atemzug. Magda stand auf seiner Seite, so viel war klar, und sie wollte ihn zumindest hier an ihrer Seite weiter haben. Vielleicht war das eine Option? Hier noch 3 oder 4 Monate zu arbeiten, mit Magda eine Beziehung anfangen und dann gemeinsam etwas Neues zu suchen und gemeinsam zu kündigen. Obwohl er Magda noch nicht einmal geküsst hatte, konnte er sich mit ihr eher eine Beziehung vorstellen als mit Bo. Wahrscheinlich wollte Magda gar nicht kündigen, sondern nur einen sympathischen Arbeitskollegen mehr haben. Mehr nicht.

Eine Minute vor 8 war Frank oben im Platin-Laden. Er steuerte sofort Platz 1 an, wo Frau Zobel-Riem ihn bereits erwartete.

»Sie machen mir ja Sorgen, Herr Smutny, geht's wieder besser?«

Frank nickte. Sie bat ihn in den Empfangsraum von Doc Schneider, die nicht im Haus war. Die Sekretärin von Doc Schneider servierte Kaffee, was die Bedeutung des Gesprächs noch unterstrich.

»Ich sag es ganz ehrlich, wenn ich Frau Doktor Schneider gestern mitgeteilt hätte, dass Sie im Krankenstand sind, hätte sie ihr sehr großzügiges Angebot wahrscheinlich zurückgezogen. Sie verdienen mit diesem Vertrag mehr als so manche anderen, und ich bin überzeugt, dass auch die Firma was davon hat, wenn wir Sie weiter beschäftigen. Daher hab ich Sie gedeckt, weil ich Sie für einen wertvollen Mitarbeiter halte, der auch sehr gut in unser Team passt.«

Frank nahm einen Schluck Kaffee und spülte ihn mit einem Schluck Milch hinunter. »Frau Zobel-Riem, ich muss mich für Ihre Unterstützung bedanken, ich habe bisher noch nie so viel Wohlwollen von Vorgesetzten erfahren. Ich habe allerdings immer noch Zweifel, ob dies der richtige Job für mich ist. Warum machen Sie das eigentlich und wie haben Sie hier angefangen?«

Frau Zobel-Riem lachte spitz, als hätte er eine unanständige Frage gestellt. »Ich mache das hier seit fast 8 Jahren und ich mache es, weil ich gerne Leuten helfe, gerne kommuniziere und sich in unserer Branche auch immer sehr schnell etwas ändert. Wollen Sie nicht auch irgendwann irgendwo ankommen, Herr Smutny? Sie sind ja auch nicht mehr der Jüngste.«

»Man kann nur irgendwo ankommen, wenn man weiß, wohin man unterwegs ist. Ich weiß es ehrlich gesagt nicht, und das Telefonieren mit großteils narzisstischen, querulanten KundInnen ist sicher nicht meine Traumvorstellung.«

»Aber Sie können das gut, glauben Sie mir, weil Sie sich in die Leute reinversetzen können, das kann nicht jeder!« Sie kämpfte um ihn, als würde es auch um ihren Job gehen – aber vielleicht war das für Vorgesetzte ja die schlimmste Bedrohung, wenn Leute einfach sagten, was du mir anbietest, macht keinen Spaß. »Ich kann Ihnen auch versprechen, dass Sie nach vier Jahren hier eine Abteilung *leiten* werden. *T-Mobile* boomt, und Sie können mit uns die ganze Welt sehen, falls Sie das reizen würde.«

Frank dachte noch einmal an Magda, an Bo und an Gerda.

»Was sagen Sie jetzt, Herr Smutny?«

Er nahm ihre Stimme sehr gedämpft wahr, als hätte er Watte in den Ohren.

»Nun?«

»Ich will es nicht machen, Frau Zobel-Riem, es tut mir leid.«

Frau Zobel-Riem sprang auf, wollte Frank beleidigen, hielt sich aber zurück. »Frau Doktor Schneider ist ab zwölf Uhr mittags im Haus, bis dahin geb ich Ihnen noch Zeit; Sie wären schön blöd, wenn Sie als Langzeitarbeitsloser dieses tolle Angebot ablehnen. Wenn Sie es dennoch tun, brauchen Sie morgen auch nicht mehr kommen. Sie können heute schon Ihre Sachen packen. Wir brauchen motivierte Mitarbeiter, vom Anfang bis zum Ende.«

Frank war Frau Zobel-Riem für diesen elaborierten autoritären Ausbruch, der ihm seine Entscheidung erleichterte, dankbar. Es war 8 Uhr 20 und Frau Zobel-Riem loggte sich auf der 1, Frank auf der 7 ein. Der Servicelevel war »optimal«.

»Guten Tag, Sie sprechen mit Jean Améry, was kann ich für Sie tun?«

»Guten Tag, ich hätte da nur eine Frage. Wenn ich jetzt mein Handy auf eine andere Nummer weiterleite, kriegt dann der Anrufer mit, auf welche Nummer sein Anruf weitergeleitet wird?«

»Nein, mein Herr.«

»Sicher nicht? Die Angelegenheit ist nämlich sehr delikat.«

»Nein, sicher nicht, Sie können sich auf uns verlassen.« Aufgrund der vom Anrufer angesprochenen Delikatesse der Angelegenheit nannte Frank ihn auch nicht beim Namen. Es sollte Franks letztes Gespräch als *Call-Center*-Agent sein.

Im Intranet waren zwei Meldungen für ihn. Frau Zobel-Riem schrieb: »Verzeihen Sie, dass ich vorhin so grob war, aber es ist wirklich ein tolles Angebot, nutzen Sie es«, und von Magda kam: »Sei so lieb, komm einen Sprung runter, es wurde was für dich abgegeben!« Frank meldete sich ab und eilte zu Magda.

»Wieder Opernkarten?«

»Nein, ein Koffer. Vielleicht wirst du ja noch ein richtiger Agent.«

»Wer war das?«

»Ein Fahrradbote, ein ziemlicher Bär mit wildem hellen Bart und ur die Muskeln in den Beinen.«

»Welche Firma?«

»Alles was recht ist, alles kann ich mir nicht merken, es ist aber jedenfalls für dich.« *Für Herrn Smutny-Améry* stand auf dem Computeretikett, das auf dem Begleitbrief klebte. »Und wie ist es oben ausgegangen, Frank, erzähl bitte.«

»Ich mach nicht weiter, es geht nicht, vielleicht können wir uns ja so mal sehen, ich bin für diese Arbeit nicht geschaffen und du auch nicht, wenn du mich fragst.«

»Du wirst mir echt fehlen, Frank, aber ich kann dich verstehen. Schade.«

»Darf ich dich zum Abschied noch mal auf Sushi einladen?«

»Nene, heute zahl ich, hol mich in 20 Minuten ab, okay?«

Frank trug den Koffer hinauf in den Platin-Laden. Er war nicht schwer, sogar sehr leicht und mit einem Nummernschloss versperrt. War er einfach ein Kofferträger für Calla? Das wäre zu viel Aufwand, all die Gespräche nur für einen Botengang. Nein, da steckte mehr dahinter, so viel war klar. Frank schloss den Koffer in seinen Spind und öffnete den Begleitbrief.

»*Sehr geehrter Herr Smutny, bitte versuchen Sie, um 17 Uhr zu Hause zu sein. Sie bekommen dann eine SMS mit dem Code für das Kofferschloss.*«

Ein schlichter Text ohne Grußformel. Für Frank stand außer Zweifel, dass Calla die Absenderin war. Eine Bombe war es wohl auch nicht, sonst würde sie nicht wollen, dass er den Koffer bei sich zu Hause öffnet. Es war zwei Minuten vor zwölf, er wollte Frau Zobel-Riem noch einen Gefallen tun und schrieb ihr eine E-Mail: »Sie waren eine großartige Chefin, es liegt an mir, dass ich mich nicht für diese Arbeit interessiere. Viel Erfolg noch, Frank Smutny«.

Er loggte sich aus und holte Magda ab.

»Hast du dir noch nie überlegt, woanders zu arbeiten?»

»Ich hab schon woanders gearbeitet, hier ist es noch am besten. Was willst du jetzt tun?«

»Keine Ahnung, am liebsten wieder nichts. Hast du schon mal einen arbeitslosen Freund gehabt?«

Magda lachte. »Warum fragst du?«

»Käme das für dich in Frage, ehrlich?«

»Keine Ahnung, es wäre sicher schwierig, wenn einer so gar nichts tut.«

Frank lachte. »Aber ein Opernbesuch mit einem Arbeitslosen wäre schon okay, oder?«

Magda gab ihm einen Kuss auf die Wange. »Komm, bring deine Arbeit hier zu Ende.«

Wieder oben fand Frank einen Kollegen auf seinem Arbeitsplatz sitzend, er kannte ihn flüchtig; es war Mario, ein Schleimer, der bei der Vorstellrunde sein Pseudonym »cool« gefunden hatte.

»Du sollst zu Frau Zobel-Riem gehen.«

Sie saß auf Platz 1 und war ausgeloggt. »Herr Smutny, ich habe mit Frau Dr. Schneider vereinbart, dass Ihr Nachfolger bereits jetzt beginnt, wir dürfen keine Zeit verlieren. Es tut mir leid, Herr Smutny, aber Sie wollten es nicht anders. Packen Sie Ihre privaten Sachen, Sie können schon jetzt gehen. Selbstverständlich kriegen Sie den heutigen und morgigen Tag voll bezahlt.« Frank war das nicht unrecht, trotzdem spielte er aus reiner Gewohnheit ein wenig Betroffenheit vor. Er holte den Koffer aus dem Spind und legte den Schlüssel seinem Nachfolger auf den Tisch. »Viel Spaß beim Telefonieren, Mario!« Magda war nicht auf ihrem Platz, Frank malte ihr ein Herz mit einem »F« auf ihren Memoblock und ging, ohne sich zu verabschieden.

Er kaufte sich einen Fahrschein und setzte sich in ein freies Vierer-Abteil. Den Griff des Koffers hielt er fest umklammert.

Zu Hause verschloss er die Tür von innen zweimal und stellte den Koffer im Badezimmer in den Wäschekorb. Es war kurz nach zwei, die SMS mit dem Code für das Zahlenschloss war ihm erst für fünf angekündigt worden. Er vermisste Bo, hätte die kommenden Stunden gerne mit ihm verbracht, sie waren ein gutes Team. Bo konnte er voll vertrauen.

Frank stopfte Wäsche in den Korb und ging noch einmal außer Haus. Er wollte etwas Ordentliches essen, mit Vor- und Nachspeise, um seinen letzten Arbeitstag zu feiern und für Abenteuer aller Art gewappnet zu sein. Frank wählte das *Grünspan*, ein Lokal mit großem Gastgarten und hervorragendem Essen am Rande des Wienerwalds, in weniger als zehn Minuten von seiner Wohnung zu erreichen; etwas zu spießig, um öfter hinzugehen. Die Kellnerinnen hatten beinahe etwas Ländliches an sich, sehr freundlich und keine Spur distanzlos. Er bestellte das Menü aus Kürbiscremesuppe, faschierten Laibchen mit Natursaft, Erdäpfelpüree und gebackenen Zwiebelringen, und als Nachspeise Apfel im Schlafrock. Es war ein Traum. Zum Kaffee bestellte Frank sich noch einen Cognac. Der Tag war wunderschön und er war endlich wieder frei.

Unterwegs kaufte er noch eine Packung Zigaretten und ein rotes Feuerzeug ohne Aufdruck und war um 20 Minuten vor fünf in seiner Wohnung. Er steckte sein Handy ans Ladegerät und schaltete das Radio ein.

Bereits zwei Minuten vor 5 kam eine SMS mit anonymem Absender, »4120«. Frank hatte den Koffer bereits aus dem Wäschekorb geholt und auf sein Bett gelegt. Er drehte das Zahlenschloss Ziffer für Ziffer an die richtige Stelle und zögerte vor dem Öffnen. Die

Möglichkeit einer Bombe hatte er bereits ausgeschlossen, das ergäbe keinen Sinn. Die Möglichkeit, dass ihn ein Scherzartikel-Kasperl anspringen würde, war gegeben, allerdings verkraftbar. Oder ein Spiel, zu dem Pläne und spezielles Werkzeug benötigt wurde. Egal, Frank öffnete den Koffer, drehte instinktiv den Kopf zur Seite und kniff die Augen zusammen. Es macht »klick«. Sonst nichts. Der Inhalt war eine merkwürdige Kombination verschiedener Dinge. Als Kind hatte er im Alter von sechs Jahren zu Weihnachten einen Koffer mit einer Schaffnerausrüstung bekommen. Ein komplettes Set aus Mütze, Fahrkartenblock, Signalstab, Zwicker zum Kartenentwerten und einigen Dingen, an die er sich nicht mehr so gut erinnern konnte. Genau daran erinnerte ihn dieser Koffer. Er nahm als Erstes einen Umschlag heraus, der mit »Bitte lesen« beschriftet war. Er legte ihn beiseite. In einem weiteren Umschlag waren zwei Reisepässe: ein belgischer, lautend auf »Harald Jenninger« und ein schweizerischer, ausgestellt auf einen »Beat Rauscher«. Beide wurden von Franks Foto geziert, faszinierend! Zu beiden Reisepässen gab es auch die dazupassenden Führerscheine. Wie konnte Calla zu seinen Fotos gekommen sein, wer steckt noch dahinter? Er steckte die Reisepässe behutsam zurück in den Umschlag, als wären sie uralte Dokumente, die zerfallen könnten, wenn man sie zu fest angreift. Der nächste Umschlag war dicker. Er öffnete ihn und sah das ganze Geld. Gebündelt. Alles in 100-Euro-Scheinen. 80.000 Euro! Sollte er Geld waschen, oder Falschgeld im Umlauf bringen? War er die Testperson für eine neue Blütengeneration? Frank konnte jedenfalls nichts Auffälliges erkennen. Der vierte Umschlag enthielt zwei Flugtickets, beide ausgestellt auf »Harald Jenninger«; ein Flug ging heute um elf Uhr nachts nach Madrid, der zweite unmittelbar anschließend nach Buenos Aires.

Als Letztes nahm Frank noch eine komplette Kellneruniform in seiner Größe aus dem Koffer. Ein gewaschenes, gebügeltes, weißes Hemd, eine schwarze Hose, ein schwarzes Gilet mit dezenten roten Ornamenten, schwarze Schuhe und sogar schwarze Socken. War das alles die Inszenierung eines Maskenballs? Er suchte den Koffer noch genau ab, es waren keine Nebentaschen zu sehen. Der Koffer war leer. Keine Waffen, keine Drogen. Frank holte sich ein Glas Wasser, setzte sich an den Küchentisch und begann den Begleitbrief zu lesen.

Lieber Frank!

Auf dich wartet eine Aufgabe, die du leicht erfüllen kannst. Ich verspreche dir nichts, ich bedrohe dich aber auch nicht. Die Dinge im Koffer sind allesamt in deinen Besitz übergegangen, egal was auch immer du damit machst.

Bestell dir ein Taxi für 20 Minuten vor acht. Zieh dir die Kellnerkleidung an und pack Wechselkleidung, all deine neuen Dokumente und das Geld in die Reisetasche und lass dich zum Palais Auersperg fahren. Dort findet heute ein Dinner des Verbandes der Schlossbesitzer statt. Das Taxi bittest du, auf dich zu warten, es dauert höchstens 10 Minuten. Deine Aufgabe ist sehr eingeschränkt. Du gehst um Punkt acht Uhr rein, rauf in den 1. Stock. Bei der Cateringstation werden dir zwei Suppen übergeben, die du ganz bestimmten Personen servierst. Danach verlässt du schnell, aber ruhig das Palais und fährst zum Flughafen.

Viel Glück!

20

Es war halb 6. Frank war ziemlich verwirrt. Er hatte einen Auftrag bekommen, der rechtfertigte, ihm viel Geld und eine neue Identität zu geben. Etwas Großes, Außergewöhnliches. Es schien, als sollte er jemanden vergiften, aber wen und warum? Und er bekam die Suppen sicherlich von jemandem ausgehändigt, der oder die genau wusste, welche Tasse für welche Personen bestimmt war. Er würde sie also sehen; war es Calla selbst? Das wär's! Frank war sehr gespannt auf ihr Aussehen und ihre Art sich zu bewegen. Alles war reichlich surreal. Das Geld wollte er vorher jedenfalls überprüfen. Er zog aus zwei verschiedenen Bündeln jeweils einen 100-Euro-Schein heraus und ging damit in die nächstgelegene Trafik, wo er genau wusste, dass sie einen Geldprüfapparat hatten, und kaufte sich eine *Presse*. Der Schein überstand die Prüfung anstandslos und auch der zweite an der Supermarktkassa nebenan machte keine Probleme. Das Geld war echt, 80.000 Euro.

Damit könnte er 7 Jahre gut leben. Dann wäre er 40 und am Arbeitsmarkt schwer vermittelbar. Aber konnte er sich sicher sein, dass ihm das Geld nicht wieder abgenommen würde? Könnte er noch ruhig leben, ohne zu wissen, ob jemand hinter ihm her war? Er könnte einfach *nichts* tun. Die ganze Nacht ausgehen und warten, was passiert. Was aber, wenn gar nichts passieren würde? Er konnte das Geld ja nicht einmal zurückgeben. Wenn Bo jetzt da wäre, dann könnten sie eine gemeinsame Strategie aushecken, Bo hätte sicher eine kluge Antwort auf die verworrene Situation.

Frank probierte die Kellneruniform; sie passte perfekt, aber er fühlte sich nicht wohl darin, wie verkleidet. Er wollte sich das alles ansehen, vielleicht war es ja doch eine Spaßidee und er würde dort bereits erwartet. Aber das ganze Geld, das war doch sehr riskant,

80.000 Euro, das war kein Spaß! Das Taxi war bestellt, für 7 Uhr 40, da hatte er noch Zeit. Was sollte er packen? Es war so verrückt! Den großen Koffer wollte er packen, wie für eine Urlaubsreise von zwei Wochen. Das Geld verteilte er im Koffer und im Rucksack, den er ins Handgepäck mitnehmen würde; den schweizerischen Pass steckte er in ein dickes Buch, den belgischen einfach in die Gesäßtasche seiner Hose. Aber was sollte er in Argentinien? Was, wenn seine Aufenthaltsgenehmigung auslief und er nach Belgien abgeschoben würde? Es war alles so wahnsinnig, und er war auf nichts vorbereitet.

Er hatte noch 20 Minuten, was sollte er tun? Er schrieb eine E-Mail an Magda: »Schade, dass ich mich nicht von dir verabschieden konnte, du hörst noch von mir.« Er steckte sich noch die Ein-Euro-Stückchen aus dem Olivenschiffchen ein, stellte die Stromzufuhr zu seiner Wohnung ab und ging zum Taxi. Verrückt!

Der Taxifahrer war Frank sehr sympathisch. Er sagte, dass er ihn länger brauchen werde und schrieb sich den Namen seiner Taxilizenz ab, die Autonummer hatte er sich schon vor dem Einsteigen gemerkt. Frank hielt es für klüger, ihm gleich von Beginn an die gesamte Fahrtroute darzulegen. Der Fahrer lachte und sagte, dass das gar nichts Besonderes war. Er habe schon Juniortüten von *McDonald's* zustellen müssen oder Kondome. Seine längste Fahrt war von Wien nach Paris gewesen, und während der Fahrt hatte der Gast mindestens vier Stunden mit seiner Freundin telefoniert, zu der er unterwegs war. »Sie haben zum Glück auf Französisch geredet, das war leichter auszuhalten. Mamma Mia.«

Der Taxifahrer erzählte Frank noch, dass er aus dem Norden Zyperns stammte und dorthin zurückkehren wollte, sobald auch der Norden bei der EU wäre. »Das wäre ein Traum, schließlich ist der Flughafen dort nach mir benannt«, er lachte sehr laut und deutete auf seinen Taxiausweis. »Ercan! So heißt auch der Flughafen im Norden von Zypern. Es leben schon jetzt sehr viele Engländer dort, und wenn wir dann bei der EU sind, dann geh ich zurück und mach ein Taxiunternehmen auf, dafür spare ich seit Jahren!«

Frank zögerte noch kurz vor dem Eingang zum Palais Auersperg. Er blickte auf seine Uhr, 20 Sekunden vor acht, es war so weit. Den Weg hatte er sich gut eingeprägt. Das Dinner des »Verbands der Schlossbesitzer« fand im Rosenkavalier-Saal statt. Dies stand zur Bestätigung auch hier im Foyer auf einem Plakat. Er ging die Stufen in den 1. Stock hinauf, der Catering-Stützpunkt war auf der rechten Seite der Stiege, von dort waren es etwa 40 Meter bis zum Rosenkavalier-Saal. Zwei Kellner kamen ihm in derselben Uniform wie er sie trug, entgegen; er war auf dem richtigen Weg, bog noch einmal um die Ecke und sah IHN! Frank war wie gelähmt, seine ganze Vorbereitung war umsonst, er musste alles neu überdenken und hatte doch gar keine Zeit dafür. Wie konnte er so blind sein? Die Fotos in seinem Reisepass, das Dinner im *Steirereck*! Der Mann hinter der Catering-Ausgabe war BO! Was hatte Bo mit Calla zu tun? Sie beide hatten ihn ausgewählt, um einen Anschlag umzusetzen. War er das Spielzeug einer internationalen Bande? Oder war es nur ein überdimensionaler Scherz? Frank ging auf Bo zu. »Hi.« Bo zwinkerte ihm zu, blieb aber kühl und professionell und gab ihm zwei Suppen. »For the ›minister‹«, sagte er und deutete auf die Suppe in der rechten Hand, indem er den entsprechenden Daumen bewegte.

Der MINISTER! Ja, klar! Waren all die Gespräche über Politik nur Vorbereitungen auf dieses Ereignis gewesen? War er vier Wochen lang Teil eines offen angelegten Terrortrainingsprogramms gewesen, um jetzt als Abschluss den MINISTER zu vergiften? Oder war es eine psychologische Studie, wie moderne Manipulationen funktionieren? Er hatte noch genau 40 Meter Zeit zu überlegen. Irgendwie war er stolz, dass er von Calla und Bo ausgewählt worden war, Teil ihrer Bande zu sein. Waren da noch mehr, die er jetzt nicht zuordnen konnte? Vielleicht Ronnie? Der war ihm immer so souverän vorgekommen, und einen IT-Spezialisten braucht jede Attentatsgruppe. Aber der arbeitete schon zu lange bei *T-Mobile*. Calla und Bo waren eine Klasse für sich, nicht Franks

Liga, auch wenn es wirklich schön wäre. War er nicht vielmehr ihr Werkzeug? Aber die Nächte mit Bo waren echt, es wäre schön, mit ihm Zeit zu verbringen – in Argentinien oder anderswo. Bo hatte ihm neues Selbstvertrauen gegeben und wahrscheinlich auch selbst etwas davon gehabt, das konnte nicht alles gespielt gewesen sein. Wäre doch echt supertoll, mit Bo und Calla auf einer Hazienda in Argentinien auf der Terrasse zu sitzen und über neue Ziele nachzudenken. Und eine Dreiecksbeziehung ... Was Neues, Offenes, aber Intensives. Dieses Dinner war vielleicht seine Initiationsprüfung. Es war ja auch ganz leicht. Er serviert eine Suppe und verschwindet. Bis das Gift wirkt, wäre er längst in der Luft. Und Bo und Calla waren keine dumpfen FanatikerInnen, sondern Leute, die Frank gerne weiter um sich hätte, klug, witzig und sexy. Aber dafür jemanden umbringen? Und was sollte sich ändern, wenn der MINISTER starb? Der nächste MINISTER wartete schon, oder zu Abwechslung mal eine Ministerin. Sie hatten ihn verarscht. Sie brauchten eine Null, die sich hinter all die Einsen dranhängen ließ, die ihre Arbeit finalisierte. Wahrscheinlich war das Taxi bereits weggefahren. Mit all dem Geld und den falschen Papieren. Und niemand würde ihm die blöde Geschichte von Bo und Calla glauben. Er konnte ihn schon sehen, der MINISTER saß am Ende des Tisches unter all den Schlossbesitzern und scherzte. Was machte ihn eigentlich so sicher, dass die Suppe vergiftet war? Vielleicht war es nur das Ablenkungsmanöver für etwas anderes, vielleicht war er nur der Dummie. Oder es war eine Übung. Warum sollte er nicht einfach die Suppe servieren und verschwinden? Was wusste er schon? Nichts. Er konnte jetzt nicht mehr umdrehen, wollte auch nicht. Warum hatten sie ihn nicht einfach eingeweiht? Frank war fasziniert von Bo, wahrscheinlich hätte er alles mitgemacht, fast alles. Aber so, er wusste doch gar nichts, sollte er wirklich blind vertrauen? Der MINISTER sah kurz hoch, er konnte sein Gesicht sehen. Es war nicht zu rechtfertigen, er konnte es nicht riskieren, er wollte es nicht.

Frank wählte einen eigenen Weg. Seit Jahren saß er zu Silvester kurz vor Mitternacht vor dem Fernsehgerät und genoss mit Butler James und Miss Sophie »Dinner for one«. *Same procedure as every year*. Er hasste Silvester als Fest und trank mit den beiden und ihren Gästen Admiral Snider und Mr. Winterbottom Cognac und Wein. Er erinnerte sich jetzt an die Szene, da er sich geschworen hatte, wenn es ihm gelänge, einmal nicht zu lachen, wenn Butler James über den ausgestopften Tigerkopf des Fells stolperte, anschließend eine öffentliche Silvesterparty zu besuchen. Sosehr er sich auch konzentrierte, seit neun Jahren musste er regelmäßig lachen und die Silvesternacht allein zu Hause verbringen.

Jetzt war alles anders, *er* musste stolpern, sich selbst mit einem Bein das andere wegziehen. Fußballer machten das manchmal im Strafraum, um vom Schiedsrichter einen Elfmeter zugesprochen zu kriegen, und so möglicherweise ein Spiel zu entscheiden. Aber auch ganz große Spieler waren daran schon gescheitert, und der Verdacht schöpfende Schiedsrichter belohnte den Stolpernden nicht mit einem Strafstoß, sondern verwies ihn wegen arglistiger Täuschung des Spiels. Frank hatte das noch nie geübt. Aber es konnte ja auch nicht so schwer sein. Umfallen muss doch jedenfalls leichter sein als stehen! Frank wollte Calla und Bo nicht verraten, sie hatten ihn verarscht, aber zu nichts gezwungen, und sie waren jedenfalls spannende Menschen. Spannender als all die hier versammelten SchlossbesitzerInnen. Er wollte aber auch niemand vergiften, auch nicht den MINISTER, auch wenn dieser zu den größten ProfiteurInnen der ungleichen Verteilung des Reichtums gehörte. So bot sich für Frank der absichtlich missglückte Versuch als optimale Lösung an. Einen Meter bevor er dem MINISTER die Suppe servieren konnte, der dieser schon erwartungsvoll entgegenlächelte, stolperte Frank mit seinem linken Fuß über seinen rechten und schüttete dem MINISTER beide Suppen über die Hose. Er entschuldigte sich knapp und glaubwürdig und zog sich dann zurück.

Das Taxi wartete wie vereinbart noch immer vor dem Eingang. »Sieben Minuten, Sie waren schnell, mein Herr.« Frank zog das weiße Hemd aus und tauschte es gegen ein grünes T-Shirt. Er gab dem Taxifahrer 10 Euro Trinkgeld und betrat die Abflughalle. Der Check-in für Madrid hatte bereits begonnen. Es waren 90 Minuten bis zum Abflug. Frank wartete noch zu, bestellte sich einen kleinen Espresso mit Milch extra. Er fühlte sich gut, hatte die richtige Entscheidung getroffen, der Traum mit Bo und Calla war ausgeträumt. Schade eigentlich. Beim Schalter der *Turkish Airways* kaufte er für Harald Jenninger ein One-Way-Ticket nach Ercan via Istanbul und checkte gleich ein.

Er würde neue FreundInnen finden, ganz gewiss, das Leben lag vor ihm, er war 33.

Frank lächelte und schlief noch vor dem Start ein.

Zur Sache »I«

Bereits im Vorfeld war ich mit der Frage konfrontiert, warum ich den Roman in der geschlechterneutralen Schreibweise mit Binnen-I verfasst habe. Die Antwort ist schlicht und banal, dass dies die Form ist, die ich seit vielen Jahren für alle meine Publikationen verwende. Sie ist auch bereits in der Mitte der Gesellschaft angelangt, die Postsparkasse schreibt auf ihren Zahlscheinen »EinzahlerIn«, die Wirtschaftskammer spricht vom »GründerInnenservice«, und das Bundesministerium für Unterricht, Kunst und Kultur hat bereits 2002 ein Rundschreiben verfasst, in dem alle Dienststellen angewiesen werden, geschlechtergerechte Formulierungen zu wählen. Zur Variante mit einem großen »I« heißt es dort:
» Diese Schreibung entspricht zwar streng genommen (noch) nicht den Rechtschreibregeln, ist jedoch unübersehbare sprachliche Realität geworden und findet sich bereits in zahlreichen Publikationen.«

Das Binnen-I als Schreibweise zu verwenden ist kein fortschrittlicher Akt, es nicht zu verwenden, wäre aber ein Rückschritt. Ich danke dem Milena-Verlag, dass er mir ermöglicht, den Text in meiner Sprache und Schreibweise zu veröffentlichen und ersuche diejenigen LeserInnen, die sich im Lesefluss dadurch gestört fühlen, um Verständnis für meine Wahl.

Kurto Wendt

Gedruckt mit freundlicher Unterstützung durch

Bibliografische Information Der Deutschen Bibliothek
Die Deutsche Bibliothek verzeichnet diese Publikation in der Deutschen Nationalbibliografie; detaillierte bibliografische Daten sind im Internet über http://dnb.ddb.de abrufbar.

Umschlaggestaltung: Jörg Vogeltanz, www.vogeltanz.at

A-1080 Wien, Wickenburggasse 21/1-2
www.milena-verlag.at

ISBN 978 3 85286 212 5